Ángeles Saura

El desengaño

Galaxia Gutenberg
Círculo de Lectores

Primera edición
Barcelona, 2001

Para Marcos

I

Noviembre, atardeciendo

Esa tarde, en la ficha de cartulina azul que alguien rellenó a mano con sus datos diez años atrás cuando fue a solicitar empleo, esa tarde, al fin, ella iba a encontrar algo valioso. Y fue al fin, porque al principio, como la sacó del fichero sólo para buscar su número de personal que una secretaria le había pedido y que en esos diez años no halló forma de imprimir en su cabeza, y como se limitó a buscarlo por la escritura tiesa y tan angosta como las casillas donde apretaba su nombre, María Vega, su edad, veintiséis, su estado, S., su origen, Natural de un pueblo muy pequeño muy cercano y del Caudillo, su sexo, F., su profesión, Licenciada en Letras, su destino, Oficina Central, y debajo, su número dichoso, C-101, como lo buscó así, a todo correr, al principio no se fijó más que en el desfase de algunos datos y en la entera ineptitud de todos a la hora de buscarse un empleo hasta que lo encontró allí, en esa inmobiliaria de razón social en negro que coronaba el azul, DOMUS, SOCIEDAD ANÓNIMA, y donde nunca había tratado con arte o literatura, pero sí con debe y haber, plazos, cancelaciones, compraventas, exclusivas, intereses, alquileres y demás operaciones de cemento, porque son todas eso, cemento gris, eso pensó, y, tal como lo pensó, se dispuso a devolver sin más la ficha al fichero y a cerrarlo y a salir a la calle porque era sábado, y DOMUS al olvido, eso quería, DOMUS fuera, bien lejos de mí.

Lejos, nada más. Sólo que, de pronto, cuando ya la iba a devolver, se fijó en el desfase y la tiesura, pensó, van como juntos, pensó si no estarían de acuerdo o si no serían uno consecuencia de la otra o al revés, y entonces, se le ocurrió que quizá se ocultaba allí alguna amenaza. Quizá es una táctica de ELLA, de FLECHA, que quiere mantenerme así, sin registrar ningún cambio mínimo de edad, que ahora es treinta y seis, ni de puesto, que ahora es encargada de esta nueva sección, Nuevas Vistas, ni de origen, que ahora es el pueblo que fue siempre toda la vida sin el bárbaro del Caudillo, y ni siquiera de destino, aquí sentada como estoy en este despacho nuevo lleno de luz con mi nombre escrito en la puerta en este casón barroco recién restaurado lejos de la Oficina Central, y así ELLA, actuando como si no actuara, que es su método, hará que llegue un día, y adiós, letra muerta, eso seré, sin darme cuenta, eso, letra muerta en casilla azul, eso seré, o sea, un asco.

Y eso pensaba, otro asco de ELLA seré, ahí seguía venga a darle a lo mismo y con la ficha impidiéndole cualquier reacción, cuando la tarde, que había empezado a enrojecer los balcones y ahora impregnaba la cartulina azul y, de rebote, su asco inmóvil, ese ardor la deslumbró como un toque sagrado, y le alzó una rebeldía segura como pocas veces había estado de algo en su vida, de que lo que no guardaba ni quería guardar de ella sustancia, sustancia palpitante, no era ella, y por eso,

–¡ni hablar!,

por eso, asco fuera, y exclamación en murmullo imperceptible.

Y ni hablar, porque diez años han pasado y no lo voy a discutir porque estaría loca, un uno y un cero juntos, diez, ésos han sido, pero aún soy joven, y tengo cabeza que inventa y cuerpo que huele, gusta, oye, ve y sabe apreciar lo que está bueno y le parece hermoso, y tengo fuerzas, y amigos, y casa propia, casa que puedo ir pagando, y aunque estoy enamorada y él no de mí, tragó saliva, aunque él no de mí, Manuel, y eso es verdad y eso va en mi debe, puede que llegue un día y empiece también a estarlo, quién sabe, todo es posible, ¿no? Y luego, a pesar del desgaste que poco a poco iba montando casa en las yemas de sus dedos sin su permiso, y en especial en los que sostenían el azul, que ya no era el sagrado, y aunque su balance nunca iba a provocar admiraciones, y lo sé porque quién va a admirarse, bah, no me importa, no había inquietud en su ánimo ni en su gesto, porque ella tenía un mundo al que lo gris nunca podría atiesar en casillas, y porque ese mundo avanzaba noche a noche hacia lo que sería una novela, y si lo hace demasiado noche a noche por lo que soy, una lenta aprendizaficionada de años, seis llevo, eso tampoco me importa porque sigo, y el que la sigue, ya se sabe, el que la sigue, lo que sigue; y hala, que es tarde, y me voy.

Ya era el momento de marchar, con la iglesia jesuita dando las siete más sus largas vibraciones que el viento convertía en una lenta y larga modulada, y al eco de la séptima se levantó, y empezó el trajín de ese sábado.

Guardó la ficha, una vez apuntado el C-101, se puso el chaquetón de mohair que ese otoño había sido su único exceso en varios años y del que no se arrepentía ni un pelo porque abrigaba y además la hacía crecer, me hace más alta, metió en el bolso de talabartería el paraguas plegable, una caja de regaliz y el periódico, para cerrarlo y colgárselo de un hombro con la misma delicadeza con que daría el brazo a un amigo fiel ignorante de modas, humores o temporadas, tomó del suelo la cartera azul con su razón social en negro DOMUS, SOCIEDAD ANÓNIMA, y que no es azul así a secas porque es azul Purísima como el de la ficha, los dos iguales, tomó, pues, del suelo la cartera azul Purísima con su razón social en negro DOMUS, SOCIEDAD ANÓNIMA en la que llevaba los presupuestos que debía revisar, y salió del despacho,

–bueno, adiós, hasta el lunes a todos, y que lo paséis muy muy bien; ah, pero sin presupuestos, ¿eh?,

–claro, ¡sin presupuestos, por supuesto!,

salió de su despacho juntando su risa a la de los cuatro compañeros que estaban frente a la gran puerta de roble, donde un gran DOMUS, SOCIEDAD ANÓNIMA en negro sobre placa esmaltada azul Purísima ya se le cerraba detrás, y al fin, libre, bajó la escalera con sus músculos nerviosos como hormigas sueltas, hormigas como cuando en la escuela, al salir, eran un querer saltar, correr y armar jaleo, me acuerdo, sólo un dar botes y estampidas sin llevar ninguna dirección y a lo salvaje, músculos atraídos ahora por el imán de la ciudad, y llevando eso tan valioso que había encontrado. Estar viva, sentirse en ellos viva, y por eso,

–¡ni hablar!

En la escalera, su murmullo sonó algo más perceptible que antes.

La ciudad estaba allí, debajo de ella, con el crepúsculo ya a punto de acariciarla. Se enroscaba en una de las escasas elevaciones que surgían en la llanura a lo largo de kilómetros y kilómetros, y, desde su cumbre, que era donde ella estaba y donde estaba la catedral, punto estratégico, desde allí iba descendiendo en curvas irregulares hasta llegar a la muralla romana y el río, que la bordeaba por un lado, para, en su conjunto, atraer a todo el que la viera de lejos, o llegara a conocerla de cerca.

De lejos, por su aspecto de enorme concha petrificada de molusco que, en la extensión vasta y seca, parecía un gigantesco fósil, uno de tiempos fabulosos, y de cerca, ya en su interior, por un modo de existir que había encontrado en el tiempo, en vez de podredumbre, forma, y, según ella, forma plena, o al menos, siempre según ella, nada le sobraba ni, desde hacía unos años, le faltaba, ni un tosco adobe ni una sofisticada labor, nada. Porque no sólo tiene sus herencias, que son casi todas incluida la de una gran prehistoria, y no sólo tiene su personalidad, que es barroca, ni su temple, que es un equilibrio entre lo dorado-quieto de la parte alta y lo verde-móvil del río y huertas de la baja, es que también tiene sus medios de vida, dos fábricas y una industria pequeña pero que funciona bastante bien, y ya, por tener, tiene hasta lo que no tiene, monstruos que obstaculicen sus perfiles, con lo cual, hasta un milagro.

El milagro que ahora le permitía descender al ritmo de su enroscadura, y admirarla, como cada tarde, en su imán-totalidad.

En su atmósfera, capaz de abolir cualquier distancia de lo transparente y aérea que era. En su atardecer febril, templado siempre por azules, y azules que alguien dijo un día que eran de El Greco, y en Grecosos se quedaron, cosa que es muy verdad. En su Ayuntamiento, Catedral y Lonja, de ceremonia sin empaque. En su antigua Sinagoga y antigua Mezquita, arrumbados desde siglos pero guardando un fresco y primitivo esplendor, igual que lo guardaban sus casonas, en las que lucían escudos de la vieja épica fundadora. Y luego, al atravesar sus barrios de pequeños caos diferentes, en el espíritu de variedad que una vez los creó y, aun con fricciones, los animó, y que ahora, completando el milagro, parecía volver a animarlos con gentes de África, Europa, América y Asia que empezaban a llegar, y esperaba que a convivir, esta vez sin fricciones. Un milagro, el de su conservación, que aún lo es más si se tiene en cuenta su historia, eso le recordó al ponerse en marcha el atrio de la iglesia jesuita hecha escuela de artesanías y oficios.

Más si se la tiene en cuenta, porque no ha sido logro de virtud, sino de suerte, o, mejor dicho, de desgracias; ha sido el cóctel de tres largos siglos de olvido y apartamiento que la conservaron como está, más los treinta y seis años de barbarie Neoimperial que, al contrario, quiso elevarla a eternas Montañas Nevadas Cara al Sol, lo cual hizo que se librara del derrumbe que otras ciudades sufrieron, del arrasamiento más bien, y ahora, ya libre del acoso especulativo que soporta, y que, sorpresa, ha resultado ser otra suerte, el logro final.

Y ahora, parada ella en seco ante los muros del Palacio florido, para observar entre un revoltijo de hojas caídas, cecina, eso escribí anoche, cecina viva puse, y me gusta, está bien, para ver en una hoja que volaba y se arrastraba con el viento la confirmación de la metáfora que se le ocurrió el día anterior y apuntó así en su diario, cecina viva, metáfora que le vino ante unas hojas obligadas a apelmazarse por la lluvia y que habían encontrado la forma de un cuerpo nuevo atractivo y sensual, viendo también el logro de esa ciudad que siempre terminaba por hacer de cada trance, aguante, esperanza, siempre, porque el caso es que, después de esa decadencia de siglos y de la barbarie, ahora, las luchas que tienen lugar en este Ayuntamiento florido por mayorías especulativas, mayorías que permitan arrasar, con sus rifirrafes por votos, en vez de catástrofe, le están trayendo reafirmación, y ya está, ya está el cóctel. Ya estaba la guinda del nuevo juego democrático llevándole cuidados y rehabilitaciones y puesta al día general, en una especie de rebatiña provechosa que tampoco iba a discutir, porque ahí estaba, es más, porque hasta ha llevado a un periódico famoso a hacer una campaña en favor de un Partido Nacional Inestable, y a mí me ha enseñado algo, algo serio, pero que me parecía una broma porque... pero aquí está el río.

Allí, en la última enroscadura, el río, de pronto visible, le hacía olvidar lo que no fueran sus aguas con su destino, el océano, bello destino, y, mientras cruzaba a paso lento, envidiar su capacidad. El poder que tiene de acoger matices claros, y turbiedades viscosas, y calmachichas y torbellinos sin dejar de ser él, el río siempre, siempre en un movimiento que, al hacerse más oscuroblicuo a cada paso que daba, la empujó a retomar el suyo de antes, por lo que aligeró. Bueno, pues la rebatiña esa, aparte de llevar al periódico a hacer una campaña medio en serio medio en broma en favor de un Partido Inestable Nacional, un PIN decía, a mí me ha enseñado algo, algo serio, pero que me pareció una broma, porque pensar que lo pequeño y ruin, la ambición provinciana, pensar que estuviera custodiando e incluso favoreciendo belleza, era una aberración que ni pensé, ni se me ocurrió en sueños, don Baltasar, y eso que ya me advertiste que no me fiara nunca de las apariencias, y atendiera a la contradicción; Así es, a la contradicción, pero aún diría mejor a la contracifra, que en el mundo todo anda en cifra, acuérdate; es verdad, todo en cifra, pues una cifra que no llegué ni a ver cifrada, cero, y ni cero, porque ni a imaginarla llegué. Y en cambio, donde sí había llegado era al puente, puente de puentes, y ya pisaba uno de sus bordillos.

Y lo llamaba así, puente de puentes, porque, de los tres que había en la ciudad, era el más hermoso y el único que contaba con un regalo de inspiraciones-capacidades de varias épocas todos igualmente valiosos, regalos romanos, árabes, góticos, barrocos, neoclásicos y de moderna utilidad, puente de puentes, pues no sólo por eso, sino también porque, desde su centro, y sobre todo ese día, sábado, era desde donde mejor se podía gozar de la ciudad, desde donde mejor se la apreciaba. Con los dos paseos unidos por su arte, con las gentes haciendo realidad esos paseos sin tener que echar mano de histrionismos ni exhibiciones insensatas para sentirse libres, con los perfiles urbanos obligando a la luz dura y única de la llanura a matizarse, y con ella acercándose al pretil para dejar la cartera azul Purísima y su razón social en negro DOMUS, SOCIEDAD ANÓNIMA sujeta entre los pies, y, olvidada de oscuroblicuidades, asomarse un rato a respirar antes de que la luz se fuera.

¡Y qué bien se está aquí! Se estaba tan a gusto después de abrocharse el cuello ante las ráfagas que arreciaban sin saber nunca si traerían sol, granizo, lluvia, o podía ser que incluso nieve, que a pesar de la fecha y el mes no sería raro, se estaba allí tan bien, que se acodó en el almohadón musgoso del parapeto, y, mirando las algas con sus prados, melenas y gorgueras al empuje de una corriente que ese año aún iba gruesa de verdad y con bichos y plantas atareados de lleno en sus asuntos, intentando seguir el vuelo de unas lavanderas que, en el atardecer, vio como velas, son sus tripas, que de lo blanquísimas ahora, parecen eso, barcos, veleros, intentando, pues, seguirlas pero sin conseguirlo, empezó a pensar en cómo se había formado y cumplido su elección.

En cómo la ciudad, seca pero humedecida en aguas que reflejaban cúpulas y cresterías junto a cines, teatros, bares y restoranes, y que empezó siendo costumbre de fines de semana de llevarlas su padre a su hermana y a ella a visitar a unos viejos tíos, en cómo se le volvió afición, luego, afecto, y años después, cuando estudiaba en la capital y la añoraba toda, en cómo se le ancló hasta pensarla único hogar posible, y hasta elegir en la universidad su época, el barroco, por ser la suya, y por haberla sabido hacer suya, que es mejor; por mostrarla en toda la materialización de arte y vida que fue ese primer proceso moderno, el barroco, donde el espíritu se mantuvo siempre en alto y la inteligencia siempre igual de despierta que los sentidos, y ahí está Italia y están los churriguerescos, bávaros, rocallas y los diferentes mestizajes que llegan hasta los americanos, su cima según Rinconeda, pues por mostrar toda esa materialización pero sin dejarse arrastrar por ella nunca, con lo cual, pintura, teatro, escultura, literatura, música y pensamiento de fuste universal, pudieron salir individuales desde aquí, desde estos edificios de escala antigua y vectores casi severos a esta luz, y de un peso que supo ser aligerado por los otros edificios nuevos que, con su empuje, vinieron a traerles dinamismo, agilidad; y si se quiere comprobarlo, allí se puede.

Allí, torciendo un poco la cabeza, el Hospital, de finales del siglo de oro, le ofrecía frente a la Lonja, de pleno siglo doce, uno de los mejores ejemplos. En él, si te fijas, el alzado no es sueño de Ícaro, ni la extensión soberbia, ni el adorno vanidad ni el torcimiento huero antojo, sino un deseo de explorar y ensanchar para tender más perspectiva, y hallar apoteosis; sí, apoteosis, y si esto te parece excesivo, don Baltasar, un poco, no sé, un poco exagerado, te diré que a mí, renovarse así tan bien, no deja de parecerme una forma de eso, de apoteosis, porque no es ya renovarse sin morir, es, además, hacerlo escogiendo, seleccionando; pero oye, a todo esto, ¿qué hora es?

No era por preguntar. Era porque las hilachas de bruma le estaban indicando que tarde, tarde para ella, y que si esperaba a que acabaran de atrapar al río, su tienda la iba a atrapar a ella con el cierre ya puesto, y eso, no. Tendría que seguir, y más aprisa, porque eso su estómago no se lo iba a perdonar después de la gran suerte de caprichos con que le había estado picando toda la tarde. Dale y dale le he estado toda con delicatessen de esas de baba y ojos de huevo duro que sólo encuentras aquí, en una ciudad, porque mi elección no fue sólo por su barroco, ah no, si hubiera sido una iglesia o un monasterio en mitad de un páramo, allí se habría quedado por mucho imán y mucha apoteósica perspectiva, no, mi elección fue porque era una ciudad, eso por encima de todo, porque tenía calles y calles distintas con tiendas llenas de cosas innecesarias y preciosas y yo venía de ese pueblujo que era una línea de adoquines entre polbarro, y porque tenía ir y venir constante, y exposiciones, espectáculos y conciertos, pocos entonces, es verdad, pero para mí más de los que entonces podía haber pensado, y por todo eso es por lo que lo hice; bueno, por eso, y por ser encrucijada, eso también, cruce de rutas comerciales y de cultura sin ser Capital de un Estado ni exacto punto central de un país; y luego, por sus gentes, que son poco amigas de cháchararas y saben mirarte a los ojos y ser hospitalarios sin figurerías; y por la lengua que hablan, con deje de verdaderos aristócratas, elles que son elles, es ques que son es ques, y corrección sin Academia, natural; y también por sus niños jugando siempre al aire, y por sus viejos que se sientan a refinar memoria en sus placitas, ah, y luego, porque pasas, claro. Por el río, que, con su yéndose y viniéndose, era un anuncio poderoso del mar, cuando, en sus remolinos, a veces sentía heladas y calinas exóticas, y cuando, en puñados escurridizos, a veces encontraba otras vidas y otras pudriciones de un mundo extenso que nunca debía olvidar allí, en la ciudad, que era precisamente lo contrario. Recogida, aunque no pacata, y sensual, aunque no sexual, y de apego tan suyo que no se lo daba a todos, y tan firme que, si te lo ha dado, se te hace tuétano-ciudad y ciudad-médula, y que ahora, sin Barbarie, ni Censores, ni Imperio ni pesadillas de Clausura, estando ella, como estaba, en la mitad del puente con sus pulmones limpios de tales parásitos en su aire desinfectado de una vez, ahora podrá ser una de las que siempre me gustaron; una próspera que no olvida ser humana, y media que no quiere ser aldea ni endriago, y mestiza por desear lo diverso, y cosmopolita pero sin mimetismos, y una, en resumen, por la que nunca estoy de acuerdo con Manuel, que me la pone en duda con sus razones tan educadas y tan terriblemente razonadas, que, sin querer, casi te convencen.

Tan objetivas, que, frente al gran arco del fondo, la obligaban a dar un brusco tropezón sin equilibrio, porque no sabía de dónde llegaba a sacar él tanta equidistancia, tanta sindéresis, como dices tú, don Baltasar, ya no es humana, ¿es que no te acuerdas, Manuel, del viaje que hicimos por Europa?, ¿de las ciudades de Francia o de Italia que todos los amigos admiramos por usar su belleza para renovarse con sabiduría, no te acuerdas ya?, porque yo sí, y creo que ésta, a pesar de tu aprensión, puede ser una parecida, condiciones tiene, y dudar de ella tanto ahora precisamente ahora, me parece ya pesimismo, me parece un poco gafe, eso le dije la última vez; ¡Y muy bien dicho!, como que una compatibilidad de mudanza con permanencia es lo que puede ser, lo que debe ser, ¡ah, y qué bien estará...!, ¡qué bien eso de que anden junticos provecho y artificio al fin en estas arideces...! Estaría de lo mejor, y es lo que siempre intentaba transmitirle a él, Manuel, había que esforzarse, hombre, hay que confiar.

Y entonces, como para darle la razón, el esgrafiado blanco vegetal de la Posada empezó a tejer su ataujía con matices nuevos, sueño no de Ícaro, extensión sin soberbia, adorno sin vanidad, torcimiento que no era huero antojo, y ella, que estaba dispuesta a confiar, sonrió, primero, discreta, y después, mucho más atrevida.

Aunque razón, le podían dar en cualquier parte, y aún más, razones. En el final del puente mismo, los estribos árabes y las esculturas góticas de los flancos le daban la de ser el apropiado contrapunto a los motores y bocinas que iban de día en día en aumento, y al fondo, detrás del gran arco partido que fue entrada-salida principal de la ciudad, a un lado, Peregrino, Dios te guíe, al otro, Mil seiscientos treinta, allí, en el pequeño jardín con su fuente de trazado romántico, encontraba la de hacer natural el acceso a la zona de oficinas, viviendas y comercios modernos y dotados con lo más nuevo. Y no buscó más, porque una pareja marroquí de su barrio la saludó muy amablemente, y al volverse para corresponder, dos bicicletas renovaron su vieja intención de comprarse una para poder salir al campo o a visitar la cueva recién descubierta con sus pinturas sin necesidad de amigos o autobuses, y después hicieron su aparición las lavanderas, y con sus espirales, elipses y gritos le llevaron un enigma de infancia junto con su renuncia posterior a la comprensión, y ya le fue imposible seguir.

Y si renuncié, ahora me alegro, ¿sabes?, mereció la pena; porque el ajetreo este que se traen, de pequeña para mí era un misterio; en el pueblo lo llamaban baile, las aguanieves, así las llaman allí, las aguanieves ya están bailando la noche, así decían los mayores sin más y en un tono que te cortaba las preguntas y te aumentaba la prisa que ya tenías por crecer; pero luego, al crecer, vi que el ajetreo estaba allí, donde estaba, tan bello como siempre, y me di cuenta de que en el pueblo hacían muy bien dejándolo tal cual en su lejanía misteriosa, y que así era como tenía yo que dejar mucho en la vida, sin querer descifrarlo ni comprenderlo del todo; así, tal cual, con algo de su brillo virgen.

Así, con algo de misterio. Pero entonces, las farolas se prendieron con un nuevo recordatorio de la hora, y como lo que tampoco tenía que descifrar era que cada vez se le estaba haciendo más tarde, volvió a ponerse en marcha con los ojos puestos en su tienda, la de sus piques, en un extremo del jardín y, por suerte, aún abierta, menos mal, y se apresuró a entrar y a buscar a un amigo, y, de paso, otra poderosísima razón.

–Hola, don Pedro, qué tal, ya tenía miedo de que hubieran cerrado,

–no, aún no, aún no son las nueve, y además, hoy estaremos todavía un rato, vaya tranquila; bueno, ¿cómo está?, la veo con cara de frío,

–no, frío no hace, aunque el ventarrón que sopla es bueno,

–sí, cuando vine, parecía el del cumpleaños del mundo,

–ah sí, el del cumpleaños, eso está bien, ¡y seguro que consigue todos los deseos!

–¡todos!, hasta los que no se desean, ¿verdad?,

–pues sí, hasta ésos,

–muy bien, ¿y qué va a ser?,

–bueno, había pensado en un par de hojaldres de salmón, y en un poco de ensalada de pimientos, y en crema de queso con orujo, otro poco, y en un pan de leña de esos pequeños, y en una cajita de espuma de almendras, ah, y en un vino, pero ése no sé cuál, quería preguntárselo,

–sí, pues mire, tenemos uno tinto, un Ribera que ha encargado la casa, que yo creo que le va a ir muy bien,

–ah, estupendo, póngamelo, y mientras, por favor, me pone un Oporto, uno blanco, ¿eh?, ya sabe.

Uno seco de los que le apetecían los sábados, y que al haber pocos clientes y saber que el hombre iba a recolectar los encargos a su modo, con pausada eficiencia, se dispuso a saborear también a su modo, a sorbos lentos y espaciados, ante la que era una de las más antiguas tiendas de la región y quizá de todo el país, cuya intacta delicadeza parecía impregnar todo por contagio.

Esa tarde, empezaba en el techo de estuco vainilla con ribete acanalado y globo central de biselados vidrios esparciendo la luz como un sol, luego seguía en los aparadores del fondo con sus estaños y lozas mostrando huellas de dos siglos en cantos y ribetes, luego trepaba hasta los pomos de hueso de las vitrinas habitadas por latas de guisos y alimentos del mundo, cajas con dulces de confección casera, y tarros de conservas sublimes hasta lucir espárragos, cardos o pimientos como objetos preciosos, como jades marfiles o amapolas, así los ves, y luego, tras posarse un momento en el suelo de taracea formando estrellas y seguro que proyectado por algún masón, uno ilustrado, luego, daba un brinco hasta el mostrador de quesos y embutidos ante el que ella esperaba, y después otro al de enfrente, de mármol y con el samovar de caldo caliente o tibio según la época, y terminaba allí por contagiar a los hombres mismos. No sólo a ella, que sorbía en su copa como un delicado pájaro tropical. También, y sobre todo, a los de mandiles y delantales cortando, empaquetando y marcando precios asequibles, en un acuerdo que para ella era el que debía existir entre el mundo de artesanos del gusto y un comercio como ése, refinado pero sin ostentaciones de mal gusto y ofensa, y en un saber-hacer que contrastaba con el, éste sí, ostentoso de algunos comercios que empezaban a surgir, ¡y dicen que Exclusivos!, como se burla de ellos don Baltasar, y también con el simple hacer de los grandes almacenes que, sin ser ostentoso, sí era lo que llamaba endriago, y le divertía, pero para un rato, para los viajes, para Nueva York o Londres, eso pensó.

Dejó la copa junto a la caja registradora, donde pagó, y luego, ya con el paquete,

–bueno, hasta el próximo sábado, don Pedro,

–vaya con dios, ¡y a ver si le gusta el vino!,

luego, ya con el paquete en la puerta, se notó con algo menos de fatiga, porque, comprobado, un Oporto blanco por la tarde, lo mejor. Un Oporto seco y frío sin que te afile los dientes, que no es algo tan fácil como parece porque en la mayoría de los bares y pubs te lo dan y te vuelves hija predilecta de Drácula, Draculina, un Oporto así, está visto que es una de las cosas mejores que hay a esta hora, para mí por lo menos.

Pero a esa hora, de golpe, todo había cambiado. La tarde, antes de cumplirse, había puesto una gran urna hermética a toda la inestabilidad anterior, ni una huella del viento, y ella se veía en la acera quietaparada como santa de esquina o fruta dulce de bodegón barroco, el bolso al hombro, en una mano el paquete con su lazo, en la otra la cartera azul Purísima con su razón social en negro DOMUS, SOCIEDAD ANÓNIMA, y pendiente del fenómeno que la atraía y repelía al mismo tiempo. De la acción de estos ventarrones que, en cuanto se cruzan en la llanura como son, que es rebeldes, y ahora en otoño lo hacen así, bien rebeldes, o, como dicen en el pueblo, en viento entero, que así lo dicen, en totalidad, pues en cuanto se cruzan así, en viento entero, trastocan la ciudad en unos segundos hasta hacerte pensar que te has ido, que estás en otra ciudad, e incluso en otro país como ahora, ahora parece que estemos muy al norte, en Dinamarca, o en Suecia, algo así, ¿lo ves?; Ya lo creo, y es porque son sin dueño, son esa variedad de vientos que se perciben sin saber dónde nacen ni dónde acaban, y que despiertan ansias.

Y sí, tenía mucha razón don Baltasar. Porque ante esa mutación constante y su imperio de Único Sentido que nunca toleraba regresos, estancias o demoras, ante FLECHA en una palabra, ella empezó a sentir hacía seis años, a los treinta en punto, una especie de cola de alacrán-mecha-puya envenenada de ansias por dejar huella, que, al fin, pincha pinchando, fueron el principal motor de su mundo, y, al fin, verba verbando, lograron que éste fuera tomando cuerpo en una historia parda y luminosa y con su alegría y tristeza listas para revivir a voluntad, en cualquier momento o situación, y en regresos, estancias y demoras al gusto, siempre que se quisiera.

Unas ansias con su parte de venganza también, era inevitable, y de venganza contra Ti. Se lo decía a la cruz de la catedral, en la que estaba ahora su vista. Contra Ti, porque eres Tres que, a pesar de llevar asesinados más de un siglo y a pesar de vuestra evangélica pretensión de haceros hombre mortal sufriente, con vuestro Ojo de Cíclope y de pestañas que caían como rayos cuando más daño me podían hacer con su soberbia, Uno En Esencia Y Trino En Persona, me martirizasteis bien, y que no me oiga don Baltasar, porque ahora no me apetece discutir. Discutir, no, pero dejar las cosas bien claras ante esa cruz que, arriba a lo lejos, parecía una celosa madre dominante, eso sí, porque, en esa cruz, ella también se había sentido crucificada de alguna forma. Esa cruz se alzó desde la doctrina de su escuela tan Todo-Es-Pecado-Y-Todo-Es-Confesión-Y-Remordimiento-Y-Penitencia-Y-Si-No-Condenación-Eterna, que, en fin, un suplicio, para mí una angustia constante. Y luego, se alzaba sobre una creación tan Ordeno-Y-Mando-Y-No-Rectifico-Ni-Alivio, que allí, en la catedral, hasta el sonido de las campanas, alba, apelde, ángelus, ánimas, queda, clamor, y vísperas a punto una tras otra, hasta él intentaba evitar desafinando en cuanto podía, ¿y por qué no perder hoy tiempo?, me apetece, es sábado.

Le venían ganas así, al ver los nidos de cigüeñas plantados junto al campanario en un equilibrio que también parecía desafinador. ¿Por qué no perder ahora un ratito?, el paquete no pesa, y puedo desandar y subir hasta el cogollo para perderme a mi aire, sin deberes, con el antideber de variar escaparates, o de ver gentes con sus gestos mínimos que son los que hacen diferencias fuera de los trabajos, o de topar con algún amigo y entrar juntos a un bar, o de ir a uno de los tres cines que ahora han resucitado con lo mejor de su arte, sin censuras, o de revolver libros en cualquier puesto de la plaza, o puede que, a ver qué hora es; sí, puede que hasta acercándome a la Lonja al concierto que hay aprovechando que vivo en este lujo de lujos por invento de inventos que es la ciudad, invento de inventos que, claro, mejor no.

Lujo de lujos, que debía prohibirse otro sábado, porque su mundo iba demasiado a pocos y, claro, con las malditas diez horas diarias en DOMUS interrumpidas por el lapso usurero de tragar, porque eso es lo que hago, de pedir en don Chus un desmedrado bocadillo con seis palabras, y hala, venga, ¿no ves que habrá muchas llamadas?, hala, venga, corre, ¿no ves que te estarán esperando muchos clientes?, hala, venga, date prisa, corre, vuela, tragártelo ahí a la trágala igual que rana moscas o pollo granos de maíz, y con la novedad fatigosa de tener que trabajar los sábados y que estudiar presupuestos y contratos en casa, más los Cursos de Perfeccionamiento que no me dejan ni parar, más las compras que necesito hacer, más el trabajo de casa que yo me lo guiso y yo me lo como, con todo eso seis días seguidos, llega el sábado, y sólo soy un agobio de ojos-cláusulas, piernas-estipulaciones, y si me descuido, lo peor, manos-apartados, sin pulso, así las siento, como si les llegara de una nube de esas perdidas en lo más hondo de lo oscuro a las que han puesto nombres tan oscuros y a veces tan atractivamente oscuros, que aún te parecen más perdidas, Delta CL 1428, Constelación Eridanus, o, la mejor, Nebulosa del Cangrejo, que no tengo ni idea de dónde está, claro, pura nebulosa, pero eso de que pueda ir, en vez de expandiéndose, retrocediendo y al revés que las demás, contra todas las leyes, eso me atrae, sería una nebulosa-paradoja muy muy de tu gusto, ¿eh, don Baltasar?; En efecto, sería, pero volviendo a tu pulso, si te suena un poquico débil, no te apures, que mañana, dormido y levantado con sol bien alto, se te acercará de nuevo a su latir, ya lo verás; sí, pues amén, amén, y en eso confío, bien lo sabes.

Confiaba en su arrebatadora palabra y en su aliento, que, entre tanto día igual y gris, eran un faro de luces, un calidoscopio, y me da igual si esto puede sonar un poco cursi, porque calidoscopio son cristales que se reflejan unos en otros sin fin, siempre sorprendiendo, y eso es tu palabra para mí, don Baltasar; y es que es de un difícil cambiar, encontrar una salida... la busqué, como viste, busqué otro trabajo, y ya lo viste, ni a tiempo partido ni repartido ni compartido ni parcial ni imparcial, y todo es tan carísimo, lo que hace que una vida sea vida, con viajes, música, libros, pero libros que elijas o que huelan a imprenta y se te hagan amigos manuales como tú dices en vez de aquellas cochambrerías de la Biblioteca Circulante Francisco de Quevedo que iba por el pueblo y que, cuando no eran Pearl S. Bucks pringosos, eran destrozados Pemanes o Benaventes, y aún veo su camioneta haciendo zigzags por el camino para esquivar la cantidad de baches y charcos que había, Biblioteca Angulante la llamábamos, no te digo más, pues aún la veo dando tumbos a la cara anochecida en bigotes y antiparras que llevaba en una de sus puertas, bueno, pues todo, libros, revistas, cine, teatro, ballet, y un espacio donde poder serestar resulta tan carísimo que, hala, a casa.

Enderezó bolso, cartera y paquete para doblar la esquina e ir en busca de lo mejor que pudiera dar de sí, o lo mejor que pudiera sacarle la cola de alacrán-puyamecha, que, por cierto, eran su talismán, o que, más por cierto, son mi talismán, mi antiFLECHA, y son mi trinidad también, mi antimaldeOjo, las dos cosas.

Además, una brisa empezaba a aliviar fatigas de hoja

en hoja. Y además, me espera la cena gollerías delicatessen. Y además, con la boca hecha agua, podía dejar que la brisa la empujara a la placita hecha cómplice, y una completa cómplice además.

Pues mira, no creo que te viniera hoy mal perder tiempo, nada mal, aun diría que te conviene pensando en tu mundo, pues, para cualquier invención, hay que tener la cabeza muy bien puesta, muy bien encabezada, y al fin, ¿qué daño te puede hacer un ratico hoy que es sábado?, lo que parece pérdida puede ser provecho, sucede muy a menudo; sí, ya lo sé, pero es que prefiero irme porque no es un ratico ni es hoy, es siempre a estas horas, si me apetece pasear la ciudad en cualquier momento y aunque esté hecha un verdadero trapo, llega éste, el de la tarde-noche, y ya no es apetencia, ya es pasión.

Pasión firme también, y larga también era, si pensaba que desde que estuvo en la capital, para ella urbe endriago, le gustó imaginar el momento en que pudiera gozarla al caer la tarde, con los olores y sonidos más leves y sin ningún agobio de luz, y que, desde que llegó, le gustaba dejarse llevar hasta esa plaza, la placita a la que ya había llegado, le gustaba dejarse conducir por sus parterres silenciosos, con sus caléndulas y sus bancos de piedra y sus olmos, de los que ya salía, y al llegar al héroe de bronce que, en su mitad y subido a un caballo, parecía proteger el conjunto sólo con su presencia y sin estruendos, no en vano el lugar llevaba el nombre de Plaza del Buen Reposo, al llegar allí, a sus pies, le gustaba emplearse en la comprobación de su factura anónima flamenca moldeando según la luz unos visos tan especiales que cierta noche reseñó en su diario como los de una obra de luz, una obra viva, o como los de una obra solar, que es lo que al fin puse, lo que me gustó; tiene unos oscuroclaros tan reales por la mañana, que se hacen intuiciones tan claroscuras al atardecer y concavidades de belleza tan escondida a medianoche, que lo que parece es una obra solar, eso es lo que, más o menos, puse, Y que entonces, también podrías poner que es fábrica de humano genio, a la que anima el ingenio de las celestes vueltas, ¿o no?, le sugirió entonces, al escribirlo, don Baltasar. Y como sí, como también podía, y encima me sonaba tan bien, pues nada, lo que hice fue ponerlo después de lo mío, y me quedó... bueno, me quedó de una pieza, ya está.

De una entera le quedó con ese verbo que era fuente, manantial, río, delta, desembocadura y océano, verbo superverbo para ella, del que en su diario especificó el origen, como era obligación, y al que siempre tributaba un respeto exento de acomplejadas timideces, como correspondía a quien era su amigo, y mucho mucho más que amigo, a quien es mi protector; sí, sí, él, don Baltasar Gracián, que para mí es y será don siempre, él es mi protector, y de la misma forma que otros tienen brebajes, masticados o humitos, yo lo tengo a él, insuperable en prevenir desengaños, abrir caminos o destapar cifras, y compañero de los que te van ayudando día a día hasta el final con una gracia y un saber que te hablan sin pedirte rituales ni ceremonias ni complicadas zarandajas, sólo un poco de atención y otro poco de amor a la palabra, y sólo eso; pero respecto a lo de pasear, a lo de hacerlo aquí de noche, si me gusta tanto, es porque todo se transforma, no sólo el guerrero; y sí, ya sé que lo oscuro transforma todo en cualquier parte y que parece bobo lo que acabo de decir porque hasta en la urbendriago lo hace, ya lo sé, pero es que aquí es para dejar salir secreto; aquí, como no tienes que andar preocupándote de horas ni de barrios ni de ir o no sola por la calle, lo que encuentras es rumor y evocación, que es eso, secreto, la cara de lo oculto, de lo olvidado, y ahora no estoy fantaseando en rosa, no, que es bien real.

Una muestra, el pub de la esquina, el que acababan de abrir, con sus vigas de madera vista en aspa y su muro blanquísimo, ya evocaba las grandes rutas del norte, y su nombre, El Comunero Verde, ya rumoreaba resistencias vivas, y vivas por si acaso, en los sueños más profundos de la ciudad. Mientras que allí, en la urbe endriago, desconfianza.

Allí, la dualidad obscena de Mazda/Ahrimán o angelería solar/escobas de plenilunio que te marcaba, te marcaba la vida, y te la partía llevándote inquietud, esquizofrenia; y ahora no estoy fantaseando en negro, no, mira allí. En su librería, enfrente, y con el cierre ya puesto, la colección de literatura contemporánea de terror que se veía en el escaparate ilustraba lo que acababa de decir mejor que ningún noticiario o periódico. Y luego, el que Matilde, su dueña, compartiera en todo su opinión, eso era un dato, ¿no?, una garantía. Matilde, que es tan gran persona, es tan inteligente y tan culta, que tengo miedo de hablarte mucho de ella y cansarte, hacer que te acabe hartando, y sería el colmo; No, no me harta, la veo del mismo raro linaje de Lastanosa, y disfruto sabiendo de ella, no te inquietes, puedes seguir; ¡del mismo raro linaje, no lo había pensado!, del mismo que tu amigo de Huesca, es verdad, pero no sólo ella, no creas, desde un antepasado fundador del primer periódico liberal de la provincia, hasta su marido y sus hijos ayudándola en la editorial esa pequeñita con la que sólo cubren gastos, esa que edita los libros arts and crafts tan cuidadísimos que siempre apetece, además de leer, ver y tocar, todos han sido igual de cruciales para la ciudad en lo de abrirla y orearla formando eso, una especie de linaje de los que casi te reconcilian con la herencia, la sangre, y ese tipo de endriagos; Sí, pero dime, ¿no han sido también cruciales por acompañar esa valía pública con afecto, al uso de personas?, porque creo habértelo oído decir alguna vez, y ésa es otra virtud rarísima; ah sí, se me olvidó, también por ser cariñosos y no volver la vista a nada ni a nadie, se me pasó, pero a mí, por ejemplo, siempre me están preguntando si tengo más historias como las cortas que les dejé aquella vez, ya te acordarás. Los cuentos que les prestó hacía unos años y después hizo añicos sin atender sus juicios aprobatorios ni su amable invitación a corregirlos y escribir otros para publicar, eran muy malos, pero el caso es que ellos, Matilde y su marido, lo son, cariñosos, y ofrecen un vino o un café a todo el que pasa por la tienda, y como si no hicieran nada, le indican lo más interesante sin indicaciones ni Únicos Sentidos, cosa que en la urbendriago...

Cosa que aplazaba un instante por el bolso en trance de caer, y arrastrar consigo su cena. Y las delicatessen de sábado al suelo, no.

Pero cosa que allí, en la urbendriago, que llamo así porque no es ni una gran ciudad frenética ni una metrópoli cosmopolita al tener las taras de una gran ciudad con las mañas de una capital de provincia, de provincica dirías tú, pues cosa que allí, rarísimo; el ofrecimiento de un vino o un café allí te hubiera despertado sospechas, miedo, de lo acostumbrada que estabas a peorpensar lo que te habías negado a malpensar antes de ir, y si no, cuenta, yo, en seis años, berridos, insultos, gente aporreando a polic, oye, y no te importa, ¿verdad? Se lo preguntaba, porque esa tarde le apetecía recontar pesadillas pero sin ser murga para él, y él siempre le decía que, si le aliviaba hacerlo, lo hiciera, que las recontara, y que así, escuchándolas, se sentía en el mundo, eso me dices, sí, pero en el mundo hay cien mil cosa mejores, y, como en el caso de Matilde, no quiero abusar; Que no, que no abusas, ¿es que no somos amigos?; claro, lo somos; Entonces, ea, recuenta sin aprensión, al fin, ¿qué es nuestra vida?, ¡recuento!; ah, pues si es eso, mira, yo, en seis años, riñas, berridos, insultos, gente aporreando a policías, policías bombardeando gente, acciden, pero bah, mejor paso a otra; robos, hasta en la residencia, y más de una vez, y no sólo en las habitaciones porque también en la secretaría, entraron, y se llevaron hasta un pobre tiesto de geranios, uno pequeño, increíble; y atracos, a mí dos veces, una, bajo una especie de faca, me dejó tan aterrorizada, que sólo puedo recordar un brillo azul amenazando a alguien que soy yo pero que no soy yo como pasa en el cine, un brillo curvo que le estremecía al verlo lejos pero sufriéndolo en la mismísima tripa; y violaciones, aquella compañera en aquel descampado, Que ya puede dar todas las gracias, dijo un policía, Ya puede, porque sólo le han hecho unos arañazos y poco más, eso dijo, fíjate; y palizas, a Daniel, el compañero que, por guardar a su novia en una discoteca, a su novia mulata, estuvo dos meses en el hospital y salió de él medio cojo, y, bah, para qué seguir, con decirte que aquellas famosas Siete Cosas de la abuela en las que condensaba todo lo horrible del mundo y contra las que me previno antes de subir al tren pensando yo en lo cómicas que parecían en su boca de arrugas y en sus hipos, con decirte que se me quedaron cortas, ya está, ya está todo dicho; y ni cortas, se me quedaron memas, de aldea en babia.

Le sonaban a cuento de hadas frente a las verjas del claustro plateresco en ruinas, esa tarde con el aspecto de una estampa romántica alemana, una Eldena pueden ser, mientras venteaba el rastro de un último olor tibio a rosas entre los tejos y las columnas salomónicas de su galería ocupada toda por la maleza, o naifs mejor, y, al fin, terminaba por cambiar de aldea en babia por naifs en las recomendaciones de su abuela superadas por una realidad, que, si aguantó, fue por él, don Baltasar, por ti ni más ni menos, porque te conocí cuando estaba preparando la tesis, y cuando pensé dedicártela y llamarla Gracián y el Mundo, tú me hablaste pidiéndome que fuera Gracián y el Desengaño, y ahí empezamos la amistad, la confianza, que estaba yo en la primera estación de la vida que era la de emplearme en hablar con los muertos según tú, y en ti encontré el perfecto conversador, por eso fue, te lo aseguro; y ese árbol...

Pues ese árbol que veía dibujado con tiza en la acera y sobre el que saltaba una experta niña, ese juego le recordaba el de su infancia, el fruto, es igual, igual el número de tramos en que se divide el tronco, doce, cada uno con su prueba y su pequeño premio, e igual el cesto que lleva la jugadora para írselos guardando, todo igual; la única diferencia es que las ramas que dibujábamos Jimena, los amigos y yo en la tierra a punta de clavo hasta formar la copa, que es donde está la salida con el gran premio, el fruto, esas ramas formaban un plátano, y éstas una especie de abeto, pero eso da igual, así que, igual; ¿y se acordará Jimena? Su hermana, quizá no, pero ella, de alguna de las fórmulas de cada tramo, que, de hecho, eran otras tantas pruebas al tener que ser dichas impecables, de alguna, sí, tente, tente, fruto ardiente, guárdame de lo siguiente, que del cesto y de estas esquinas, coja y a saltos me sé guardar yo, ésa era la del final, la de a la pata coja, ¿se acordará?, nunca lo hemos hablado, y es raro, porque ese juego nos gustaba mucho, y yo me acuerdo tan bien... y también es raro que nadie lo juegue aquí ni haya oído nombrarlo estando, como está, el pueblo tan cerca, aquí juegan al avión o a la rayuela, pero al fruto, no, ¿por qué será?; y es un juego curioso, ¿sabes?; se puede ganar, perder, o perder ganando algo, que es cuando no has llegado al fruto, pero has conseguido superar más de seis tramos y te llevas sus premios; y voy a acercarme un poco a mirar.

Iba a observar discreta a las niñas buscando, también discreta, reconocerse en alguna, en la de melena con rizos que avanzaba en ese instante a jugar, y, deseándole lo mejor, pensó en lo bueno que era jugar así con Suerte, la gran Dama Cruel, en lo sano que es hacerlo así, fuera de preocupaciones, orígenes o consecuencias, y sin temer ni proyectar ni calcular más allá del juego, es algo que todos, de mayores, deberíamos hacer de vez en cuando, atrevernos, y no andarlo publicando una y otra vez, y así no hacerlo nunca, sería sanísimo, ¿verdad?; Puede que sí, puede que lo fuera de vez en cuando, pero sin dejar de enfrentar nunca verdades, eso no, que eso es estrella que todos esquivan, y así les va, y así va el mundo luego haciendo cargo de todo a Fortuna desde Platón; sí, pero eso no lo dirás por mí, porque yo no, ¿eh?, y siguió su marcha.

Yo, en vez de esquivar la urbendriago, me quedé allí aguantando, en parte por la tesis, es verdad, por redondear los estudios, pero sobre todo por ti, y a pesar de que cualquiera se hartaba de tanta inhumanidad, o de tanta hominidad, pero se hartaba, porque si un lugar es un proyecto que proyecta, la urbendriago, pies en polvorosa, pies echando humo, pies para qué os quiero, alas con pies, aligerando entonces los suyos al oír, eso es un cárabo, al sentir que ya se adentraba en el rumor-evocación, y que su contrario, la obscena dualidad, de golpe no era más que el territorio de la niñez sólo que sin niñez, y no era retruécano, es el territorio de los cuentos que se ha hecho realidad allí, pero de la peor forma posible, adulta rutinara, y esto se me acaba de ocurrir, y me gusta, creo que va a ir al liberty.

Eso de que las Brujas, Marimantas, Cocos, Sacamantecas y Hombres con Saco, después de haberlos estado exorcizando milenios desde la magia de la niñez, se hubieran hecho rutina de ojos por encima del hombro a cada hombre a sombra de tejados sin fe ni caridad, y quería pensar que, al menos, con esperanza, eso lo encontraba digno de su diario, aparte de su posible utilidad, que con la novela no se sabía, a lo mejor me puede servir alguna vez, ¿no lo dijiste tú antes?, lo que parece pérdida puede ser provecho, nada, sí, lo voy a apuntar; Muy bien, házlo, pero ándate con mucho ojo y cernimiento, que aún te queda año, y apenas te queda diario. Haciendo una suma veloz, cuarenta y nueve días le quedaban en un cuaderno casi escrito y sin otro donde seguir, y en un cuaderno tan pequeño, que era difícil, la verdad, así, no llenarlos resulta muy muy difícil, para mí y para cualquiera; Sí, cuadernicos los escogiste, y cuadernicos son, es cierto, pero también lo es que a menudo les confías ajaspajas, y eso también ayuda, confiésalo; ah no, ni hablar, si lo fuera tan a menudo, serían diarios, y no, no lo son, son apuntes, y sólo paso de las diez o doce líneas por día cuando he visto algo distinto o pienso que me puede revelar algún matiz hurón o una riqueza de esas en las que no he pensado, pensando ella, como siempre, en su historia, y ya en el bulevar, y luego, si alguna noche me paso, si escribo más de las diez o doce, pues, como decía de pequeña, qué se le vamos a hacer, lo que no voy a hacer es comprar más de un cuaderno al año, porque, no te quiero decir, este que viene compraría dos, y al siguiente tres, y al otro cuatro, y no, mejor seguir así, porque así me contengo, ¿sabes?, aprendo a condensarme. Así se obligaba a recogerse,

–¡con dios!,

y así, a lo lejos, la obligaban a abrirse.

Así, con una voz recia y llena de amistad que le tiró del pensamiento, y le hizo mirar a la otra esquina, donde la saludaba cordial un anciano,

–¡adiós, don Benigno!,

donde ella, a su vez, saludó cordial a un anciano que aún agitaba sonriente un sombrero fuera de moda en cualquier Moda, que no era otro que el dueño de la tienda de su barrio, Casa Benigno, artista trenzador de mimbres nunca iguales, de paneras, cestas, cajas y animales cada uno con su mínima imperfección artesana, y el mismo que, una vez, hacía tiempo, después de haberle estado ponderando su tienda con excitación, ¡Fíjese, María, quién me lo iba a decir, ahí tiene, bodega, abacería, refino, mercería, librería, botica, nevería, ropería, estanco, carnicería, coloniales, y aún más de todo y de todo el mundo urbitorbi, quién me iba a decir que lo tendría tan moderno aquí en la ciudad!, ¿no es grande?, después de haberle estado ponderando así de orgulloso su dominio, al contestarle ella, que sí, que lo era, y que además le recordaba la tienda de su pueblo con ese mismo aspecto de mundo, al oírselo decir, le corrigió cosmopolita, ¿la tienda de su pueblo?, pero ¡qué va, si esto es un dráguestor!, ¿es que no lo ve? Y bueno, me lo dijo con tal vehemencia, que lo que vi fue un dráguestor, claro, quién no, pero, para esta llanura llanada amarilla de siglos de kilómetros y kilómetros, un dráguestor un tanto drástico, eso vi.

Un colmado USperio vio, cuando la humedad de las huertas le empezaba a agarrar en cuello y rostro, y le movía a rotarlos, del lado en que el agua de las pozas oscureaba en un temblor de rizos, al de enfrente, donde el solar dejado allí por simple especulación le daba un coraje, me da tal sensación de abandono y de codicia, que me pongo de mal humor, no puedo evitarlo; tantas veces como paso pienso que no tendría que estar aquí, que después de tantos años, tendría que haber algo mejor, un parque, no sé, o jardines, o algún edificio que, con su utilidad, se mirara en las huertas, o que fuera urbano pero sin tocarlas ni secar las pozas, o que trajera vida a esta parte pero respetándola, o que, A ver, aguarda un poco, me parece que lo que quieres decir es lo de antes del Hospital frente a la Lonja, un edificio que, cumpliendo con el deber que tienen los que moran de mejorar en lo diverso, aportara variedad, amenidad, que lo uniforme limita y la variedad dilata, ¿no es así?; pues sí, así es, algún edificio que mejorara dilatando, en eso pensaba, muchas gracias.

Y si las gracias se las daba sincera, de corazón, también les cruzaba un ceño de dos espesos arcos divididos por una fina raya vertical, los arcos muy oscuros, la raya apenas una sombra, porque con esa agudeza y un genio tan agudo de ingenio, a veces él también le resultaba un poco drástico, un Maestro de los que no dejan inventar, y eso no está bien, para que lo sepas. Y si lo estaba, no se lo parecía, ni en los cedros de su calle ni en el sendero que iba hasta su portal, por muy conciliador que, al pisarlo, resultara el mullido de su hierba, o de su céspede, como dice don Benigno esdrujuleando con pasión, céspede dice, y adúana, y drágues-tor, y périto, y, una vez, cóncreces, María, ¿sabe usted?, llevar la tienda en persona no me cansa, me compensa cóncreces, eso me dijo, y todo así en cuanto junta tres sílabas que le gustan, y que, por cierto, él de drástico, nada, porque es más bueno que su nombre, y siempre da el postre a todos con la misma generosidad, y cuando digo a todos, incluyo a esos tiernos infantes que al cabo de un ratito de aguantarlos, en vez de postre, les darías Herodes, y Hombres con Saco, y Marimantas, y Cocos y todos los Papones que pudieras, pero que él no, porque él es tan santo, que también a ellos se lo da.

El postre. Una minucia que conseguía alegrar la compra. Un chicle, o un par de bombones o caramelos, o un frasquito de muestra de colonia, cualquier pequeñez, que aunque no se comprara nada o se llevara prisa él siempre ofrecía, y que al buscar su llave del portal, Pero ¿dónde va, mujer?, ¡espere y tome el postre, que sin comer, aún sabe más dulce!, eso te dice cuando te has cansado de hacer cola, pues al buscar ella su llave y girarla en la cerradura, ese recuerdo, además de borrarle el ceño, le hizo pedir disculpas a Gracián, porque los postres que le regalaba cuando aún no había comido o estaba comiendo, debía reconocer que eran tan buenos como los de las sobremesas, o mejores aún, así que, don Baltasar, si me he enfurruñado, perdona, perdóname y olvida lo que dije.

Así que, olvido, y andadura derecha hasta el buzón.

Esa tarde, en su cajetín había dos cartas. Una del Banco, seguro que el plazo del piso, y la otra, que era de su madre, llegaba con la escritura familiar tan deshecha, es para Champollion, llegaba con los rasgos de siempre tan desgarradores, que sintió, junto a un escalofrío, el urgente deber de ir a verla al pueblo a pesar de sus pesares, que lo eran, eran escalofrío en su espalda, y además le pesaban así también, con auténtico pesar.

–Buenas, ¿quiere que la ayude?,

–¿cómo?,

–que si quiere que la ayude con el paquete,

–ah, no, ya puedo sola, gracias,

–entonces, hasta el lunes, a pasarlo bien,

–adiós, Alejo, hasta el lunes.

Era el conserje, que ya se iba como cada tarde con su paso a saltitos y su gorra eterna a cuadros bien metida, Ale el visera le llaman, bien calada por el césped hasta su desaparición completa, sin haberle hecho a ella desaparecer ni una pizca del escalofrío que ahí seguía coleando en su espalda, y que, para colmo, se le reforzó al entrar en el ascensor con otro más escalo y más frío producto de la idea de ir, de tener que ir al día siguiente al pueblo, porque pensar en él, zas, si pienso en él, piedra al cuello, cuarto piso, eso marcó.

El pueblo siempre me hunde en lo que él es, y en lo que ojalá no fuera; el lugar donde nací digno de mi olvido más amnésico, y el pesar que, sólo a unos kilómetros, no tengo más remedio que renovar un par de veces al año, en navidad y verano y los menos días posibles porque si no, ya dije, me hunde, y porque si no, y eso no lo había dicho, el remordimiento empezaba a estrangularla con el autorretrato de una réproba hija Testamental de conciencia aplacada ante la sola idea de ir, como ahora dentro del ascensor luchando por que la piedra no se le agarrara al cuello, pero de pesares bien fijos, como ahora frente a la placa de latón bajo-primero-segundo-tercero-cuarto-alarma, de pesares bien extáticos al verse dentro del autobús, y, luego, en la plaza, entre adoquines, polbarro y vecinos azuzándole un picor viejo y sin embargo siempre dispuesto a revivir como un parásito, una larva odiosa.

Es que esos fósiles... Salió del ascensor notando aún el rabo del escalofrío en el pescuezo. Es que esas momias, la que no por dentro, por fuera, examinándote de norte a sur y de este a oeste, y recitándote sus pueblerías parecidas y más monótonas que si fueran las mismas, y perforándote con sus pupilas rayos equis mientras te preguntan la eterna letanía boba que ni les interesa ni yo les voy a dar el gusto de corear con ningún Ora pro nobis porque estaría bueno, ¿Y dónde trabajas ahora, Mari?, y, Ay Mari, ¿no tienes pena de vivir sola?, ésos, todos, van a ver. Les iba a cerrar la puerta en las narices como ni solía, ni le gustaba, de un portazo.

De un golpe no violento pero sí seco dado sin contemplaciones, y, ya en su territorio, de una profunda inspiración en las dos matas de hierbabuena puestas ahí, en la entrada, para que, nada más cerrar, le llevaran un té a la menta junto a una fuente de azulejos verdes, blancos y azules rodeada de naranjos, granados, adelfas y palmeras con dátiles bien incitadores mientras encendía la luz y soltaba el correo y las llaves en una mesa, el té servido con azahar y dulces de nombres igual de incitadores, cuernos de gacela, lirios del desierto, nombres así que provocaban agua abundante en su boca, eso al entrar, y luego, con los intrusos lejos y una vez empapados a fondo cabeza y cuerpo en ese olor, hierbaentrabuena, soltaba la cartera azul Purísima con su razón social en negro DOMUS, SOCIEDAD ANÓNIMA, e iba directa a la cocina,

–ya llegué,

y, en la cocina, dejaba el paquete, y se anunciaba con su murmullo imperceptible a todo el blanco surgido al dar la luz bajo el pequeño reloj de pared, también blanco, y a toda su tersura que, contra lo que podía parecer, no era abandono ni gélida o lejana pulcritud, sino prueba de su más fiel aprecio, y estímulo a su necesidad de manchar con agua, fuego, alimentos y aparatos que, dándole vida, se la daban delicatessen, lujo de lujos de hombre.

Porque para mí, lo que es gélido y prueba de abandono es la suciedad, el mundo del churre y del pringue con el que no puedo; y no puedo, y esto lo sé sin que me lo haya tenido que decir ningún psico, no puedo, desde que madre abandonaba la cocina de cinco en cinco días o hasta en seis, y teníamos que prepararnos Jimena y yo por las mañanas antes de ir a la escuela los tazones de leche y pan sopado a la deriva de sueños aún prendidos al cuerpo, y al buen tuntún porque nada estaba cosa con cosa y cualquiera se entretenía en encajes cuando doña Lola si llegábamos tarde muchos días, ¡zas!, deber al canto, y los teníamos que preparar en medio de goterones, costras, migajas, posos y churretes, y tomar entre un olor a sebo en paredes y mesa que se pegaba hasta formar urdimbre con nuestros uniformes, nuestros babis azul marino, y todo eso es lo que era abandono de verdad para mí, desolación; pero aunque lo fuera, aunque ahora lo quiera seguir siendo, conmigo ya no puede, porque ahora me lo acompaño aquí. Ahora podía enseñarle modales, en el techo de espuma, en el foco de sábana, en los mármoles de tiza, y en los azulejos, a cuyos vientres de lavandera se apegaban sus ojos algo más para enfrentar lo peor, el bestiario, las moscas que colgaban desde abril en tiras de agonía negra, y las hormigas, y las cucarachas aquellas negrazas o las rubias que llamaba curianas doña Lola y que aparecían donde menos lo esperabas porque aquello era casi un zoo, y porque aquello era la sociedad de la suciedad sin gracia ni contrapartida de bohemia, y todo eso es lo que helaba de verdad para mí, un iceberg; pero aunque helara, aunque ahora quiera seguir helando, conmigo ya tampoco puede, porque ahora me lo caliento aquí. Ahora podía templar su aliento gélido en el barro cocido del suelo, en la mesa de castaño, comprada a su amigo Manuel y en la que desayunaba y preparaba los alimentos, en la olla de alfar con las lentejas dejadas en remojo para su puré de la semana, en el plato de cristal donde lucía una fruta que no era de bodegón barroco pero podría serlo, y en la ventana, a esas horas ya no, pero sólo porque era tarde y no quedaba luz, porque de día, con el estor de maderas subido, por ella entran las pequeñas huertas fértiles con sus cultivadores más el cielo más las tres pozas verdirrebosantes, y todo se llena de color, de color-calor; y qué calor tengo, es como si me estuviera cociendo en una estufa, en un horno, será el chaquetón.

Lo era. El chaquetón, que aún llevaba puesto y abrochado.

Era el mohair. En esa parte trasera de la casa, con los radiadores fuertes y los espacios mucho más reducidos, resultaba agobiante, un sofoco. Para evitarlo, volvió sobre sus pasos, se lo quitó, lo colgó en el perchero de la entrada sintiendo al momento el lógico y esperado gusto, el natural, pero en seguida, otro gusto algo más exclusivo por una decisión que, si fue acertada en su momento, lo era más cada noche, y ahora pensaba en el perchero, en el que ya tenía puesta una mano.

Éste, tan precioso aquí, desde que lo vi y lo compré, ha cumplido todo lo que de él esperaba, lo ha cumplido cóncreces; mantiene el mismo estilizado art nou que me atrajo en la tienda de Manuel hasta querer tenerlo aquí conmigo en casa, lo mantiene intacto, y además, desde que está aquí, en hierbaentrabuena, cada vez que lo uso, su doble condición de principio-fin de siglo y esta madera cálida y curvada en interrogaciones que siempre van a estar así, abiertas preguntando, no se cansan de afilarme la puya-mecha-cola de alacrán, y de pedirme acción. Hábito de acción le pedían, como esa noche. Ya notaba la necesidad de tomar la cartera azul Purísima con su razón social en negro DOMUS, SOCIEDAD ANÓNIMA para salir sin demora al pasillo, ya la notaba urgente, cuando, de pronto, sus ojos se desviaron hacia el espejo que su abuela le regaló, y esa noche, de pronto, hubo un cambio.

Porque el espejo, un cuadrado viejo y pequeño con un marco de madera igual de viejo que había colgado allí, frente al perchero, si nunca lo frecuentó mucho, desde hacía unos meses, ni una vez, temerosa del Único Sentido que él se encargaba de recordarle como nadie al llegar cada noche, y del que prefería huir acudiendo al del baño, que era de cuerpo entero, y, por eso, mucho más amable con sus formas de hermosas y aún firmes proporciones. Cada vez que se quería mirar, allá iba, al baño. Pero de pronto lo miró, y sin dejar de ver en el manchado azogue su cara un poco más pálida que otras veces, y aun reconociendo en ella sus líneas tan redondas como otras veces aunque un poco más abajo de lo que esperaba, en vez de huir, usó de su nueva rebeldía, se acercó, la cabeza bien alta, y con la misma desconsideración con que él buscaba deshacerla, le dijo,

–aquí estoy,

ya no pretendo que estos destrozos que veo sean un espejismo, ni el producto de una mala racha, ni tus defectos y picotones que parecen de excavación prehistórica, porque sé que no son más que la acción de ELLA que, como si no actuara, va actuando sin parar y de la que tú eres el gran propagandista; aquí me tienes, sin haberles dado paso pero tampoco lamentándolos porque son mi vida y no me arrepiento de nada y si me arrepiento de algo no voy a darte el gusto de la queja, eso ni lo sueñes, y en fin, aquí estoy, si quieres algo más, date prisa, porque no quiero perder más tiempo contigo; mira, sé que eres implacable, indiscutible, imbatible, y todos los in o im que quieras, lo sé como lo sabe todo el mundo, no es gran cosa, pero como hoy también sé que aún aguanto y sigo y además ésta es mi hora de actuar como si actuara, adiós,

–vete al cuerno.

Como aún podía salir ágilflexible de su marco, lo hizo, le dio la espalda tras una buena sacadura de lengua, y, sin entretenerse más, empezó a juntar sus armas de la noche: un revólver, un fusil, una escopeta, y una pequeña bandera blanca de alto el fuego preparatoria de la última, el cañón, armas que no iban a ir cargadas más que con lo de siempre, el hábito, y que ya le estaba ayudando a ajustar Gracián, ¡Anda, hija, que nunca lo excelso es sin esfuerzo, anda, ten constancia, ve!

El revólver de sacudir un par de veces la cabeza y tomar la cartera azul Purísima con su razón social en negro DOMUS, SOCIEDAD ANÓNIMA para salir de una vez al pasillo. El fusil de recorrer éste intentando paliar con mesura todo el agobio que sentía crecer como un embarazo execrable. La escopeta de llegar al cuarto del fondo sin prender luces y soltar la cartera bajo la gran mesa que le hacía las veces de escritorio-comedor y en la que, al ver la revista de letras y artes que dejó allí, recordó el artículo de César Rinconeda sobre el barroco que quiso llevarse para fotocopiar y se le olvidó, a ver si me lo llevo el lunes, a ver si me acuerdo. Y luego, con la revista en las manos y en medio de la penumbra reconfortante, la bandera de dejarse caer a plomo en uno de los dos sofás puestos uno frente a otro y los dos frente a la otra mesa de cristal más pequeña, para darse un respiro antes de salir al balcón a oír la noche, a captar su silencio de terciopelo perfumado, respiro que tuvo que esperar, porque esa noche, de pronto, hubo otro cambio. Se dio cuenta de su caída en aluvión sobre el sofá, la vio un síntoma del Abismo de fealdad y dejadez que estaba siempre al acecho, y más para los que, como yo, vivimos solos y nos podemos volver feos en cuanto nos dejamos y dejados en cuanto afeamos el hábito, y entonces, al verla así, como un síntoma, pulgar al borde de sus dientes, preguntó, ¿y qué hacer, don Baltasar?, y entonces éste, susurro al fondo fondo de sus oídos, le dijo, ¿Qué hacer?, tener ánimo, hijica, y por lo pronto, ¡ea!, ganar tensión.

Por lo pronto, erguirse y buscar compañía en el despliegue de amplitud del cuarto, obra suya, y, en seguida, tensión en toda su puesta a punto de esfuerzo, y de esfuerzo también suyo, pero las dos debidas en principio a sus padres, y eso no lo olvidaba nunca. A la parte que me tocó de las tierras que vendió madre al enviudar y que padre jamás quiso vender ni tampoco emplear en cultivos o arrendamientos nadie sabe por qué, aunque yo creo que para poder vivirlas con algo de su brillo virgen porque las paseaba horas y horas él solo y sin que nadie le acompañara, no quería a nadie cerca, parte que decidí emplear en una casa, y, después de buscar y buscar, fue aquí. En el plazo de entrada de ese piso, que convirtió en un apartamento con pocos tabiques y mucha luz al no haber fuera muros y evitar ella estorbos de visillos o cortinas dentro, trapos que pesan, en ese edificio que antes fue escombros de un pequeño hospital de zona, un ambulatorio, en ese barrio tranquilo y hecho a un lado pero formando parte real de la ciudad, parte viva, y en ese cuarto, en esa habitación hecha de otras dos más pequeñas, y, aunque dejada para el final, para ella el principio de todo. Para mí la posibilidad de serestar en su conjunto que busqué sencillo pero que me salió barroco, aunque del barroquismo del que habla Rinconeda aquí, en el artículo, el que me sedujo desde pequeña sin saber que tuviera nombre o definición, y que para él resulta que es despojado, barroco del despojamiento, así lo llama; y esta seducción mía, a saber. Era una incógnita su origen.

Esta atracción mía por lo despejado y lo desnudo, a saber de dónde me viene; porque no es sólo en mobiliarios, no, es en todo, cualquier cosa que me huela a sobrante o a decorado, la siento como un estorbo, como algo que me impide; no llego a lo de Ornamento y delito de Adolf Loos, claro, a eso no, pero sí siento que no me deja estar bien, o que no me deja respirar, sí, respirar bien, ¿sabes?, que impide que me llegue bien oxígeno, y no sólo a mí, también a los espacios y las cosas, a todo; las paredes mismas, ¿ves?, siempre las busco así, blancas y con muy pocas imágenes, y que esto se deba sólo a reacción antisociedadsuciedad no lo creo, porque Jimena las busca al contrario, en colores y llenas de cosas cuanto más abigarradas mejor, y a ella esa suciedad le disgustaba igual que a mí, así que a saber por qué; Puede ser por el blanco, que el blanco, más que color, es su quintaesencia y, como tal, repele o atrae, expulsa o empuja al vuelo; ah, entonces, ¿a mí me empuja, eso quieres decir?, porque no sé, no lo entiendo del todo; pero bueno, como hay que dejar mucho por descifrar, lo que sí entiendo, y muy bien, es el poder sin límites que el blanco me da, un territorio fértil, y supongo que eso es lo que has querido decir, ¿no?; Lo es, en efecto, pero ahora que has tocado el aire puro, se me ocurre que esa atracción también podría deberse a haber nacido aquí, en esta llaneza en la que se le despierta a uno pronto un deseo de verdad sin florituras ni, como has dicho, límites; ah sí, ya sé, ya sé de qué hablas, hablas de la Esencialidad esa famosa de la que está tan reharto Juan conde don Julián en su reivindicación, ¿verdad? En La reivindicación del conde, que era uno de sus títulos más recientes, y uno de sus más preferidos. Hablas de ella, y sí, podría ser, Esencialidades que, por cierto, ahora, libres, no estaría mal liquidarlas del todo, pero sí, hablas de ella, y podría ser, sólo que me gusta más pensar que es por lo del artículo, ya lo comentamos anoche.

Por el párrafo que leyó una y ocho veces mientras terminaba de cenar, y cuyo principio, apoyando cabeza y espalda, se dispuso a renovar otra vez a su gusto, en cinco sentidos vivos.

Porque el barroco no es sólo acumulación sino también despojamiento, siempre que arriesgue un límite de intensidad, que es también de expresión; siempre que a ese límite lo mueva una pasión de conocer, no ya aumentando sino disminuyendo, en la fe de que en lo despejado surge lo más granado; siempre que procure un orden que apetezca soltura más que dependencia, o espera, no, más que dependencia, no, en la relación, eso decía, un orden que apetezca soltura en la relación, eso, y siempre que este cuarto... Siempre que, soltando extremidades y arqueando espalda, ese cuarto le diera, a ella, oxígeno, y a lo útil pero escogido que albergaba, la posibilidad de mostrar libre sus atributos, para levantarlos a su vez. Porque así era. O, al menos, así era para ella.

En una relación parecida, excepto en la crueldad, a la de una araña con su tela, secreción que a la vez es sustento, ella miraba en las paredes carmelitas el cartel iraquí de curva caligrafía negra con la sentencia que un taxista andaluz le repitió hacía poco, quien se apresura, hermano, ya está muerto, sentencia Ur-Córdoba, ella lo miraba, y al verlo tan bellamente cumplido en la reproducción de Morandi que centraba una pared sin prisa alguna de color, le nacía verdad, y verdad sabia me nace. Y se sentaba frente a la mesa grande en uno de sus ligeros aunque resistentes sillones de rejilla, y si era en comedor, le crecía gusto delicatessen, y si era en escritorio, bloque, páginas de novela. Y se acercaba a la librería, esperando más amigos manuales y más estantes y con los aparatos de vídeo, música y televisión sin imponerse, y se le abría el mundo, el mundo dilatado se me abre. Y encendía la lámpara de pie, buena para leer y trabajar, o las otras tres pequeñas de papel delicado si se trataba de escuchar música o de charlar con amigos sentada en un sofá y descalza, bueno, esto no siempre, y, a veces, descalza sobre la alfombra color perla roce de miel, y se le encendía calor, calor manual o de carne-hueso se me enciende. Y, en fin, cuando llegaba tan tarde que sus ojos apenas eran dos globos doloridos, en el verde lyrata del ficus, eso me dijo la vendedora cuando lo compré, Es una lyrata africana tropical, pues en su verdecuador intenso, encontraba el empuje para salir al balcón a oír la noche, a captar su silencio perfumado por los olivos, cipreses y laurel del patio de monjas al que se asomaba, y que si es de monjas, digo el silencio, si lo es, hay que decir en seguida que de colegio; porque a él, para existir, le bastan los pájaros y la fuente con cabeza de león melenaculebras que hay empotrada en uno de los muros, y que, mira, ahí se la oye, ahí, al fondo, surgía su borbolleo constante, pues a él, para existir, le bastan y le sobran fuente y pájaros, pero el adorno se lo ponen las niñas de los recreos, y ése es fundamental; aunque el adorno... a lo mejor lo que le ponen es vida, aliento nuevo de hombre, o a lo mejor niñez, aunque esto es casi lo mismo, pues a lo mejor... ay, no sé, ¿a ti qué se te ocurre?; Está bien lo que acabas de decir, unos le dan el ser con sutilezas, y las otras el adorno con niñez, que la niñez es toda trino y colorido del hombre; ah, trino y colorido toda, ¿no?, ¡caray!

Subiendo el ceño, había que ver cómo la animaba Gracián.

Pues sí, me anima un montón; y no sólo en la forma esperada manual, también en formas menos esperadas que, como esta del silencio, son casi las que más me estimulan, las que siento más mías; pero ya que estamos con el cuarto y con sus atributos, voy a volver al de estos sofás, porque aunque no es nuevo, siempre se le puede sacar algún jugo, contigo, siempre, don Baltasar, y además, me apetece.

Le apetecía, y, para hacerlo, retiró un rizo de sus ojos, y estiró las piernas.

Pues es que, estos sofás, no son cómodos, ni han nacido para serlo, ni lo van a ser aunque el mundo entero se empeñe, mientras estén aquí, con nosotros y en esta casa, aquí, te digo que nunca. Eso es lo que se decía muchas veces tratando con la repetición de ponerlos a salvo de ese adjetivo que, leído a todas horas en alabanza de camillas, pantuflas, cretonas y demás utillería costumbrista, oído en todo momento a vocifinas, boquifruncidos y lengüecitas de pitiminí, le sonaba a sepulcro, me suena a podre, y a amenaza también, sí, a amenaza, que es lo peor; porque si la utillería se viera sólo aquí, en esta ciudad que ha sido seudociudad hasta ayer mismo y donde no extrañaría... pero no, se ve urbitorbi como una especie de pandemia de virus, que a estas alturas del casi-veintiuno, en vez de estar rematado y reteapolillado como el de andar en calesa o el de estornudar rapé, sigue con tan buena salud, que se ha hecho retrovirus inmune a todo, y por eso digo que amenaza, es utillería-artillería; y si crees que exagero, acuérdate; piensa en el proverbio ese antiguo de nulla aesthetica sine ethica, proverbio nada viejo ni nada apolillado por cierto, y piensa en lo que nos dijo hace unas noches Montesquieu de que una casa es siempre un estado de ánimo, que eso nos dijo, y no es un proverbio pero lo parece; porque si piensas bien los dos, dirás conmigo que, estos sofás, en este cuarto y con nosotros, ¡nunca!

Juramento al que siguió un bostezo ajeno a cualquier preocupación, rastro de amenaza, porque debía añadir que el atributo, en realidad lo repetía más por ella que por los sofás, más por mí, porque ellos, con su relleno que acoge sin modorras, su telapana de un añil justo en su punto, ni subido ni bajo, y sus formas casiveintiuno, están muy bien dispuestos a la conversación y el intercambio variado, y muy bien indispuestos contra el Abismo de dejadez que es fealdad, o de fealdad que es dejadez, da igual, el orden de los factores no altera el producto, pero contra ese Abismo lo están, muy bien protegidos; Sí, ya recuerdo eso de antes, fealdad y dejadez, ya te las oí; bueno, sí, me las oíste porque la una hace a la otra y las dos van juntas; Muy bien, juntas van, pero si así van, ¿por qué no evitas que así vuelvan?, ¿por qué no juegas con ellas en algo tuyo y sazonado?, ¿no dices que es lo que más te estimula?, atrévete a volar un poquico.

Y podía hacerlo, ¿por qué no?, de hecho, ya lo hacía muchas veces en lo que llamaba anajaván. Sólo que a esas horas y tan rendida como estaba, era muy probable que le saliera algo horroroso, algún temible endriago. De todas formas, se incorporó para probar, siempre lo hacía, y abrió las alas un poquico.

A ver, dejadezfealdad, ¡puaf!, un endriago; a ver, fealdadejadez, éste es otro; fealjadez, y éste suena a gárgara; fealdej, pues éste a ni se sabe; fealdez, ¡éste sí, éste me suena a Abismo, fealdez!, a ver,

–fealdez,

sí, no es endriago, me gusta, gracias por animarme, don Baltasar, a partir de ahora digo que no están hechos para la fealdez, y ya, salvados quedan del Abismo.

Salvar de endriagos era siempre un placer, y si, encima, el placer desordenaba su poquico, como era el caso, entonces, doble placer, lujo de lujos de hombre. Porque el orden que luego no sirve para desordenar aunque sea eso, un poquico, acaba en lo que acaba, en dar Órdenes, y, como ves, yo también puedo jugar sola algunas veces, a mi aire, claro, no como tú, pero algunas veces, puedo; ¡Qué ocurrencia, y tanto que sí, por eso estamos juntos!, pero no te distraigas ahora y sigue con lo de la pandemia, que me interesa, házme el favor; sí, pues no sé, ahora no se me ocurre nada, la verdad.

En ese momento, así, de golpe, cero, cero se le ocurría. Estaba lo de la amenaza, lo del Abismo de fealdez, lo de la utillería-artillería, pero nada más. Aunque, arando con sus manos los surcos del añil a contrapelo, quién sabía, a lo mejor.

Bueno, y tan a lo mejor; se me ocurre que la utillería, con este nuevo Standing que hay, es como una parálisis del gusto, un anacronismo; porque ¿te has fijado?, en la edad media se vivía en casas y ambientes medievales, en el barroco, en barrocos, en el diecinueve, en isabelinos, imperio o victorianos, que son más o menos el mismo, y así, etcétera; pero ahora, ¿te has fijado cómo?, vas a casa de alguien, y aunque ese alguien sea un ilustrado o un profesional sensible o un técnico en nuevas tecnologías, en ellas ves la misma in-significancia rancia, casas y ambientes dan tanto la espalda a su tiempo, a su estética, que resultan de rapavelas; o de sacrismochos; y no digo de trogloditas porque sería un insulto para éstos, que los trogloditas, con sus masas de color tierra tensa y sus silueteados blancos y que flotan en las pizarras de la cueva como huellas de sueños cuando te acercas y los miras, son siempre un estímulo, un cable.

Y no tenía más que poner la vista en un surco añil, y en su hondón le agarraban los pigmentosueños descubiertos en fecha reciente por azar, y en su caballón avanzaba directa hasta un vientre coloreado con deseos y preguntas que aún podían formularse, o más, que siempre pueden y deben re-formularse, así que, de trogloditas, no, pero zarzuelera, sí, y además, le va de perlas, tanta utillería de camillas, pantuflas y tapados, resulta Ay Felipe de mi vida ay Mari Pepa de mi alma; y esto me gusta, a lo mejor lo apunto luego; ¿De tapados dices?; sí, eso digo; ¿Y de qué tapados hablas?; ah, pues por ejemplo, de los de casa de Jimena y Damián, donde nada es lo que es, míralo. Ahí le mostraba en el añil a su hermana y su cuñado sonriendo cariñosos, porque lo eran, pero con el peligro de ahogarse entre follajes, volantes y pajarerías acretonadas. Y donde nada es lo que es, porque todo está oculto, tapado, míralo, las paredes por papel rosazul salmónbeige, las lámparas por pergaminos con flecos, las mesas por volantes también con flecos y hueco para el brasero cuando hay calefacción central, la calefacción por mamparas de confesonarios, las ventanas por cortinas y visillos, huecos que pesan, y el cuarto principal, al que llaman Sala, por un ejército de bibelots o de chucherías a lo Art Decó y a lo Isabelino en una Babel que te oprime y te ahoga como en almoneda, o mejor como en zahúrda burda, que dicho así, verba verbando, seguro que te gusta más; Seguro, más, pero entonces, ¿a qué esperamos?, ¡vayámonos a la cueva de una vez!

También eso era seguro. Viajar hasta su vientre y expandirse en su generosa vastedad de una vez en un solo segundo era tan seguro, que ya estaba hecho. En un segundo, ya. Esta cueva en la que siempre entro de lo más respetuosa, pero que en seguida me anima a avanzar, a sentir, corredores frescos en verano y templados en invierno, palmas negras y rojas en las paredes, ciervos de delicadeza rotunda, bisontes de rotundidad delicada, goteo de agua primordial. Esa cueva refugio de muchos de sus bajones de ánimo, y con lo maravilloso de ser aún tan reciente, que no iba nadie, casi nadie va, sólo algún aficionado discreto, pero Turismo, no; aunque un momento,

–¡guas!

Aunque era mentarlo, y cruzar a escape índice y corazón de cada mano para ahuyentar el maleficio, nuevo retrovirus, porque si creyó que sobre el tema se habían hecho ya todos los análisis y críticas posibles, ahora florecían muchos que, adoptando su defensa, la presentaban como algo original, una novedad. Guadianescos, para ella eran guadianescos. Así los llamo, sí, porque, ¿sabes?, ahora muchos te vienen así, muy Modernos, que es muy desapasionados, y, por cierto, que si vieras quiénes te vienen, para que te hagas una idea, Julio es uno, ya ves, Julio, que hasta hace cuatro años despotricaba del Turismo como del quinto jinete del Apocalipsis nada menos, ja ja, pero bueno, la cosa es que ahora muchos te vienen así, muy escépticos, con que Turistas somos todos, y yo, apoyada en tu brazo y ahora también en el de Juan conde don Julián, yo me voy con que ellos quizá lo sean, allá ellos, pero yo, ¡desde luego que no! Ella escapaba rápida, con que ni antes, ni entonces ni después, nunca lo sería. Y ahora muchos te vienen así, muy Filósofos, con que El Turismo en el fondo se compone de personas que viajan por placer y tú viajas también por eso, así que tú, ¡no, yo tampoco!, y yo me sigo escapando así, igual de rápida, con que en el fondo no se compone, en la forma no viaja, y, para terminar, como es lógico, no llega a la conclusión que ellos quieren, y no lo hace porque es un puré, eso pienso cada vez que oigo a un Escolástico de esos tan elásticos; no lo hace porque es un puré como los que cocemos en casa, como el que me haré yo luego con lentejas, morcilla, sal, ajo, cebolla, chorizo, pimentón, aceite, orégano, clavo, tomate, comino, agua y laurel emplastando un sabor, temblor, movimiento y podrimiento pardo, y fíjate que digo pardo y no pardos como debería, porque pardo sólo; Ya, de parda conclusión quieres decir, y te refieres a las sumas, a las sumas simples, que, en efecto, son mala cosa, porque traban corazones y lenguas con atracción tan fuerte, que se hacen imanes del gusto y poltronas de entendimientos; justo, poltronas se hacen, tú lo has dicho, y lo has dicho hace tres siglos y medio, que no está mal, aunque, ¿sabes?, creo que lo que pasa es que esas sumas ahora suman ya poltronas, apoltronada comodidad, porque tanto hablar todos de riesgo y de aventura por todas partes, y luego, ya los ves, en pantuflas y con seguros de todo a todo riesgo, de ahí lo del puré casero.

De ahí que en sus labios le asomara el hastío ante esa persistencia extraña después de lo que se había pensado y teorizado sobre el tema, que debía de pesar ya quintales, o mejor, toneladas, y de ahí que le asomara el ceño ante esa comodidad agostando el mundo con tan poca gracia como sustancia, y, por eso, guadianesca también y, para mí, otra utillería-artillería, retrovirus; Ya, los faltos de genio acostumbran a obrar así, van a buscar el que no tienen a Vejecia, al país de lo gastado, y con los despojos que hallan, andan después de parto soberbios e hinchados montes, para acabar en el aborto de un ridículo ratón, son hazañeros, paradojos, y se topan muchos más de los que piensas, no vayas a creer; ah sí, muchísimos más, lo creo, y también lo pienso.

Y sonrió por esa salida, pero también por las lentejas, las de su cocina, que, hablando de purés, allí esperaban, en remojo.

Hablando de purés, las lentejas se le acababan de mostrar, no soberbias, pero sí hinchadas, hidrópicas, y a la espera de su emplastamiento en uno de los que se hacía cada sábado, y le forzaban a admitir que los purés, por serlo, eran tan fáciles de preparar y conservar y salían tan baratos, salen tan bien, que aunque puedan ser paradojos y hazañeros, en cuanto empieza el frío, pasan a formar parte de mis cenas de la semana, de mis cinco DOMUS; aunque a la economía vamos a dejarla en paz, ¿eh?; los precios, mejor en un segundo plano, importante pero segundo, porque me van a envolver en su cosa espesa, y no me van a dejar ni el hueco de lo que me falta, medio año, de lo poco para terminar de pagar el vídeo y los aparatos de música, y entonces, ya sin tantas obligaciones, adiós Nuevas Vistas, ciao ciao, bye bye, auf wiedersehen y hasta la vista au revoir nunca. Entonces, se buscaría un trabajo más sencillo, y tendría tiempo para dedicarse a ella más, a su novela.

A un deseo mío pero que puedo compartir; un deseo formado en lo pequeño, en cada capítulo con sus dos voces presente-pasado contando; un deseo en el que todas las influencias se encuentren bien, todas las que a él le gusten, y sin la estrechez esa a que se entregan con ferocidad los hombres de todos los tiempos forzándose a elegir entre Quevedo/Góngora, Schönberg/Stravinski, Chaplin/Keaton, o un arca del diecisiete/un sillón Le Corbusier, cosa que odio, esa estrechez amputadora que cultiva furibunda el mono, monoteísmo, monogamia, una sola patria, un modelo único, madre no hay más que una, o conmigo o contra mí, o igual que yo o ¡fuera!, ese mono que odio y por eso yo quiero que mi deseo tenga todas las influencias que le gusten y en él se encuentren bien, todas urbitorbi, y luego, quiero que él también guste y a cuantos más mejor, porque si no, para qué, no valdría la pena, ¿no te parece?; Ah no, no me parece, y aquí, si anda él con poco vuelo, y busca gustar, y gusta a todos, será mala señal, será señal de ser un deseo caduco, piénsalo; hombre, tanto como caduco... en fin, no sé, es un poco excesivo creo yo; aunque pensándolo bien, quizá, quizá lo fuera, sí, porque no sería un deseo libre, ¿verdad?, lo bastante libre, y además, como, en el fondo, con que guste a alguien me doy con un canto en los dientes, sólo digo que si ese alguien llega a ser bastantes, mejor, y que si llega a ser muchos, pues mira, no te miento, mucho mejor,

–¡ah, y que tenga belleza, eso también!

Y eso lo decía en su murmullo imperceptible, porque había estado a punto de olvidarlo, y era importante. Que tenga belleza suya, y no embellecimiento y no Belleza, y así pueda tener también arte, ¿o no dices que el arte debe buscar, además de la verdad del jucio y del gozo del artificio, belleza, renovar maravillas?, pues yo, a mi modo, eso busco, y ahora tienes que estar de acuerdo en todo porque todo esto es tuyo de principio a fin, tuyo enterito; Y sí, lo estoy, pero siempre que, enterito, vaya encaminado a moldear hombres auténticos descifrando la vida y haciendo luz al desengaño; ah, claro, pero es que eso está de más entre nosotros, creo yo, y ahí tienes a Fina. De hecho, si guiñaba los ojos, no era para recabar memoria en ese punto sino para pinchar la oscuridad e intentar descifrarla, a su alrededor ya todo sombras y oscuros volúmenes, porque lo que sí había olvidado era que, en noviembre, los días se empezaban a marchar con tal prisa, que ya era una huida, es una falta de consideración; pero te digo que recordar eso está de más, porque ahí tienes a Fina luchando cada noche por hacerse algo auténtico, una persona, aunque de luchar ella a conseguirlo yo, va lo que va, pero bueno, en ésas andamos.

En ésas. En las de aplicarse todas las noches dejando sólo espacio al amor, Manuel, que era igual de deseable, y en esas otras, en las de hacérsele añicos ese espacio en cuanto lo invocaba, Manuel Manuel, su lengua una seca piedra pómez en su boca o una áspera lija, Manuel, por lo que prendió una luz, vio que eran ya las nueve y media,

–¡el documental!,

y nada. Que se le había echado encima la hora, e interesada, como estaba, en ese documental anunciado en la televisión para las diez y media, y no teniendo ninguna gana de correr, ya que la prisa, hermano, era muerte, nada, más valía llevar despacio la revista al estante con toda la colección que guardaba por haber practicado con ella tanto el acuerdo como la disensión tolerante, en variedad, y después, nada nada, más valía ir al baño por lo del deber antes que el placer, aunque pensando, eso sí, en el segundo, que no era tan fácil.

No tan fácil, no. Porque su deseo era poner los cinco sentidos en el paquete de gollerías y boca de agua, y para eso contaba con sus tripas que no querían otra cosa que delicatessen y olvido, sólo presente. Ocupadas en unos corrimientos italianos, churriguerescos, bávaros, rocallas o de cualquier mestizaje americano, se negaban a guardar ni un recuerdo del bocadillo de jamón, el agua mineral y el café que les dio entre las dos-dos y media, y menos aún de los otros cafés con leche de máquina y los zumos, que, junto con el bocadillo, habían sido todo su alimento, y lo volverían a ser el lunes más otros cinco días seguidos, uno detrás de otro, simplemente los querían olvidar. Pero su cabeza se empeñaba en lo contrario, en recordar, y hasta que no la dejaba en la pequeña vanidad que sintió cuando le propusieron Nuevas Vistas, hasta que no aterrizaba allí, no se quedaba nunca a gusto, y esa noche tampoco lo iba a hacer, estaba segura.

Ese sábado, al recordarle unas jornadas vacías hasta de un vino, de un simple vaso de vino que te deja un poquito alegre, sí, pero como no te conviene estarlo, ni ese uno, al recordarle que esas jornadas se hacían semanas y meses sin una charla digna de ese nombre, muy humana, sí, pero que como se te va a amontonar en las casillas, ni esa una, al desplazarse siempre así y sólo hacia un punto, al final la iba a dejar en la pequeña vanidad que sintió cuando le propusieron Nuevas Vistas, y en la venda que ésta le puso muelle para que no sopesara con suficiente calma las consecuencias de aceptar y, en concreto, la de tener que andar a vueltas con el trabajo en su casa otra noche, un pecado, y el delito que se tenía prohibido desde que empezó en DOMUS, pero eso hará, y no es justo, eso pensó; no lo es, porque, más que vanidad, fue fallo, sí, fallo, porque aunque yo hubiera sido tan extraordinaria como para no sentirme halagada por el puesto, por su oferta, prever lo que se estaba cociendo y lo que se me iba a venir, eso, ni todos los gafes-malajes juntos, así que, fallo; y tengo que decir que no me extraña, y no es excusa.

Empezando a desnudarse y a preparar el caftán y los zuecos caseros, no le extrañaba, porque a ver, ¿quién podía imaginar tantos seres de tan ruin pensamiento que no se les iba a ocupar más que en la compra de casas y de pisos o en el alquiler de los que ya habían comprado en fiebre de Chalés Unifamiliares, como anuncian en DOMUS lo que se ha llamado siempre casas, y en histeria de Viviendas Dúplex, de lo que aquí se ha conocido toda la vida como pisos con altillo? Es que parecía inimaginable que gente de probada sensatez fuera a ir subiendo de grado esos antojos en una locura igual, todos la misma, y, por lo visto, sin fin, según se ve a diario en DOMUS, cada vez más; una locura que me recuerda a la del turismo, ya lo apunté en el liberty, inmobiliaturismo puse, y que es, sin ir más lejos, la de los cuatro de ayer.

La del par de matrimonios jóvenes con dinero igual de joven, que le pidieron para sus nuevas casas, uno, piscina con green, y el otro, piscina de ambiente caribeño, y eso para que veas lo chiflada que se ha vuelto la gente, don Baltasar; con Green aquí, en este paramón donde un par de colinas o una agrupación pigmea verde cada cincuenta kilómetros te parecen sierra y bosque, y de Ambiente Caribeño aquí, en esta Jutlandia de abajo donde todo el mundo sabe que hasta en agosto tienes que ponerte una chaqueta para poder leer o pasear, o para descansar en cualquier terraza un rato a gusto, porque si no, frío, catarro, no falla.

Si no, lo que a ella en ese instante. Que se miraba desnuda en el espejo de pared para descansar en las formas de arena a las que ni su ojo más crítico podía restar un gramo de su extremada seducción,

–son yo,

y entonces, se topaba de golpe,

–¡ay, ésa no, a ésa no la quiero!,

entonces, se topaba con su cara redonda y ahora vuelta un círculo dividido en dos arcos, como diría sor Juana de la Cruz, mi admirada, arcos por los cuales, unos ojos-enojo no se hartaban de reprocharle esa maldita falta total de valles y esa condenada ausencia absoluta de alturas que la desesperaban, y más pensando que no tenían solución ni con la edad ni con regímenes o maquillajes probados, y había probado muchos, y nada. Ni un pómulo de esos de princesa africana de museo que dan un misterio lejano y salvaje, y ni un hueso de esos de star que hacen que la mirada parezca como subida en tacones y desprenden una especie de peligro dulce irresistible frente a esta Jutlandia de carne cruda lisa monda y lironda que no tengo más remedio que llevar a cuestas, y que, puaf, ojalá te pudiera quitar de ahí, ojalá wa-sa Allah Juan conde don Julián te pudiera dejar ahí en el espejo en calcomanía, ¡ojalá!

Eso quisiera ella, wa-sa Allah! Pero como no, como lo único era darle la espalda con el ceño sor Juana puesto y meterse en el caftán distraedor de un presente que se empeñaba en ser tan pesado como algunos pasados indeseables, siempre igual, siempre quieto ahí, eso hizo. Descolgó el azul que blanqueaba con finos alamares en la percha, su caftán de estar por casa, se zambulló en él, y, después de satisfacer el apremio urgente de su vejiga, se puso los zuecos de suela lisa vegetal que tanto aliviaba, suela de bosque, luego dejó correr el agua en sus manos, de fría a tibia, y de caliente a casi con humo, y ahora jabón, luego hizo mucha mucha espuma borradora de rastro azul Purísima con razón social en negro DOMUS, SOCIEDAD ANÓNIMA, y ahora cepillo, luego frotó, enjuagó y secó bien bien hasta que no se le adivinara tizne de oferta creciendo por debajo de la demanda, y entonces, manos nuevas rumbo a la cocina, zanjó cara y pómulos con la pintada que hacía cosa de un mes vio en el parque, Todo viene por la manía de uno, firmada, UNO, que venía a confirmar de forma sencilla pero cierta el alcance de la obsesión: general. Y si la mía se concentra sobre todo en esta Jutlandia cruda monda y lironda, a cada cual se le concentrará en un sitio, en uno o en otro, a todos, no creo que nadie escape; y ya, porque aquí, antes que nada, oler.

En la cocina, a esas horas lo primero era un ruego, un pequeño rito que, como todos, tenía sus pasos contados. Éste, cuatro, cuatro bien atentos tenía.

Uno, acercarse a la ventana para abrirla y subir el estor. Dos, vaciar los pulmones hasta formar un espaldapecho de cristo barroco, cristo Gregorio Fernández. Tres, bajar los párpados invocando a John Silver, Flint, y esa noche también a los Corsarios Rojo y Negro juntos. Y cuatro, respirar hondo, y rogar,

–crece un poco, crece, por favor,

rogar siempre en murmullo imperceptible al verde húmedo estirándose, para que, al amparo de la noche, le hiciera florecer el germen que parecía oculto como tesoro custodiado por mil dioses celosos, que apenas podía rozar en momentos de abandonada inspiración cuando, reptando por cada víscera y nervadura de su cuerpo, le tocaba corazón y cabeza con un primer instante de felicidad, cuanto más empeñada ella en desenterrarlo, más enterrado él, y que esa noche ya veía que tampoco, ésta ni con los Corsarios Rojo y Negro juntos crece, ya lo veo, así que lo dejaría para otra más propiciadora, y pasaría a dedicarse a algo tangible. Al paquete. A cortar cinta y nudos deshaciendo los diferentes envoltorios, y a regodearse en aspectos, que lo que prometían, cumplirían sin hacerse de rogar, su germen era su flor.

¡Y vaya aspectos!, mirarlos ya era recompensa. Brillo crujitostado en los hojaldres, tersura cosmética en la crema de queso con orujo, grana ceremonial en el vino, rojos de laca exquisita en la ensalada de pimientos, levedad insuperable en la espuma de almendras, sencillez esencial en el pan, que pellizcó, y todo, en una no-sumasimple de agregados resarcidora del resto del puré que, al no haberlo hecho el domingo, hizo el miércoles, y que ya sacaba de la nevera y ya llevaba al fuego, puré de verduras, y del no-resto del rollo de carne que, éste sí, había hecho el domingo, pero le salió tan rico, que, ni rastro, y eso que lo compré con la idea de que me durara cuatro días, hasta el jueves pensó, pero llegó el miércoles, y sí, sí, ahí no había ni un trocito, ni un poco de salsa para mojar, lo que se dice ni una almendra.

Porque ése era otro inconveniente de su pequeña vanidad o fallo, no disponer del tiempo que antes tuvo para aplicarse en la cocina como le gustaba, y, excepto los domingos, no poder majar, pelar, cocer, asar o freír tiñéndose en pulpas y pringándose en salsas bien compuestas, no en purés, en salsas bien cernidas y refinadas, para así refinarse ella también, y hacerse hasta un poco sibarita, hasta un poquito, ¿por qué no?; Eso digo yo, ¿por qué no?; ah, no sé, a ti te parece tan natural, pero no a todos, ¿sabes?, esto de la cocina choca, mis amigas, ninguna la comparte, y sin embargo, es lo que les digo, a mí, después de la silla ergonómica, la letra pequeña y los tantos por ciento, cocinar es como si fuera al cine, a un buen cine, claro, o como si escribiera, aunque esto de escribir me lo callo porque de momento es sólo cosa tuya y mía, pero lo del cine, sí, se lo digo, y me miran como a una alucinada, como a una rara; Pues ignoro de qué materia están hechas tus amigas, pero cocinar es refinar naturaleza dilatando gustos como hace el arte, y eso es fácil de ver.

Fácil para ella, que, por eso, revolvía con resignación el pantano de movimiento y sabor indistintos que ya empezaba a bullir en el mismo espacio de tiempo que las últimas noches e igual de verdujón y pastoso, igual, porque lo uniforme limita y la variedad dilata pero cuando se tiene más tiempo libre, tiempo delicatessen, y, por eso, una vez recopilados en la bandeja, la copa, los cubiertos, el vino descorchado, el pan en ruedas, un juego limpio de mantel y servilleta de hilo, que era sábado, y los platos con los manjares llevando variedad al cuenco donde volcó el verdujón ardiente, por eso, una vez transportada la bandeja por un pasillo caja de resonancia de sus tripas, toda ella era saliva regalona al distribuirlo en la mesa con el broche del garganteo del vino, y toda ella era papilas expectantes al encender el televisor,

–¡si aún están!,

y, sorprendida de que a esa hora siguieran las noticias, diez y veinte, corría a matar el sonido a los dos Prohombres viejos y gordos que, uno subiendo, y el otro bajando una escalinata con ínfulas de adolescentes, acababan por darse golpes en la espalda entre sonrisas que vio del cartónpiedra esperado, de nuestro pan uniforme que estrecha cada día y que no me lo den hoy por favor, hoy sábado no, y, por eso, prohombres mudos, se sentó a la espera del reportaje, con sus papilas puestas en la servilleta y su olor, el que exhalaba de jabón, agua, frote y secado al viento, que no era un viento común, porque era entero, o a mí me huele así, a totalidad.

Pero qué más quisieran sus papilas. La información allí estaba, y no había nada que hacer. Desliaba su burujo igual que siempre, y ni siquiera privarla de voz daba resultado porque, con una sola imagen o una línea, se ponía a devanar su imperturbable salmodia enseñadora de su correspondiente imperturbable lección, y nada, nada que hacer. Lo bueno, al repetirse, terminaba por parecer menos y menos bueno hasta no serlo, lo malo, por el mismo sistema, terminaba por parecer menos y menos malo hasta ser mejor, algo normal, y lo uno y lo otro, al minar la resistencia en carneseso, agotaban, no lo quise creer en tanto análisis gafe y ensayo malaje, pero sí, te muelen, y me rindo. Una rendición que hundió con la cuchara en el puré para llevársela a la boca sin mal gesto, sin siquiera un leve sor Juana, porque su rendición, ni era nueva, ni tampoco había sido hecha sin condiciones, que estuvo demasiado tiempo obsesionada con las noticias como para no poner ninguna. Las puso, y firmes.

Las puse, sí; porque estuve muchos años pensando que las noticias eran hombres y que si no las atendía no estaba con ellos, igual que estuve dentro del partido intentando luchar por ellos y por mí, todos juntos, y así, con tripas hechas corazón cada noche frente a la pantalla y cada día frente a los periódicos en un deber cada vez más penoso, así estuve aguantando por mi santa voluntad tozuda, y también porque don Baltasar no se cansaba de repetirme que era muy de personas el querer saber lo que pasaba en el mundo, también por eso; hasta que llegó una mañana, ¿y esto, qué es?, y al verme así, sentada con el periódico leyendo líneas que, a fuerza de haber sido escritas y reescritas con tan sólo mínimas variaciones, ya no sabías lo que querían decir, un palimpsesto inútil, al verme como si tal cosa frente a lo que tendría que ser insufrible para cualquier hombre de verdad, entonces, empecé a preguntarme para qué y con qué servicio, y aunque de momento la pregunta no me pasó de ahí, llegó una noche, ¿y para qué?, y al verme frente a la pantalla con una mediosonrisa espejo de esa que hay ahí en el locutor hecha carámbano, mírala, pues al verme así, pensé que para qué si me estaba empezando a volver eso, cartónpiedra, y entonces, para no volverme y no dejar de creer que ahí había carne y dignidad humanas, ahí mismo decidí plantarme, aunque sentando antes bien mi posición, muy bien.

Ahí mismo, una vez reconocido que sí, que FLECHA era una megalómana enemiga de los gestos mínimos que destruía, primero en horror, y luego en Horror por algo que no explicaba nunca, o a mí ni La Razón Astuta, ni La Historia Precedente ni menos el Ojo Triángulo han sido capaces al sonarme al Pensaservidor de turno, y luego, que sí, también, que también FLECHA era una antropofóbica entre camillas, volantes, cretonas y demás pandemias rapavelas, una vez reconocido esto, ahí mismo se rindió, aunque poniendo antes condiciones, ¡mis condiciones! Y lo dejaba muy claro, al tiempo que un hojaldre se le deshacía en la lengua, y que era tan fino, que no le parecía hojaldre, parece oblea, es como una hostia consagrada, y si lo llevo hasta el cielo del paladar con vino, entonces, lo es, un dos tres, y espítiru puro, transubstanciado, eso tragó. Pero sí, eso decidí, poner mis condiciones, que fueron firmes, y duras, ah sí; fueron, de las noticias, quedarme con los titulares y los buenos reportajes y los artículos de artistas, que son los que más pueden con ELLA y a pesar de ELLA, los mejores, quedarme, de la Historia, con una contada también por ellos, por artistas, una de cine, y de diarios, novelas, memorias y ensayos de los que son arte ya, arte de historia, y luego, mi compañía a los hombres, hacérsela con algo mío y de placer opuesto al Cómo-No-Sí-Señor-Y-A-Ver-Qué-Podemos-Sacar del partido, que entonces ya empezaba a ser Partido y ya me estaba hartando, y que era con mi novela, mecha-puya-y cola de alacrán.

Decidió meterse en la piel de otro hombre, en su caso, de otra mujer, Fina, por la que brindó,

–¡por ti!,

decidió, acto seguido, y para no quedar ella exenta, ponerse a sí misma otra condición, y ésta inspirada en sus amigos manuales, una de hábito, y comprobó, también acto seguido, que ésta, habitualmente, no sólo era la más difícil de cumplir, sino que era la casi imposible. La condición de gozar la vida en presente de cinco sentidos, cinco intensos, tan difícil de cumplir que, sin darse cuenta, el primer tenedor de ensalada rojos de laca ya le había pasado sin pena ni gloria ante su disgusto, dejándole, una vez más, la decisión fallida. Una más, sí, pero no me rindo, lo juro, aquí no, a partir de este segundo, cada fibra cocida o hebra cruda van a ir exploradas a lo Humboldt o a lo Díaz del Castillo, y cada gota de Ribera va a ir cartografiada a lo Malaspina, y cada una va a ir muy muy despacito, porque aparte de que así es como ellos, los amigos, me enseñan a hacerlo, así es como lo quiero hacer yo, así todo; no sólo comer o beber, también leer, mirar, pasear, escuchar música, tomar el sol, acariciar, hacer el am, ¡Tá, deja ésa ahí!, deja esa flor ahí quieta sin cortar, que soy muy viejo, sé cuál es, y en nada la precisamos ahora, te lo aseguro, en nada, y, mira, en esta quietud, no viene mal que recuerdes que, ya que esas acciones que has nombrado, tan necesarias para la vida, las ha hecho la hermosa naturaleza bien apetecibles, así deben hacer los hombres con las suyas, con sus obras que, te repito, serán de más gusto, si no buscan gustar; sí, sí, si no lo buscan, ya, pero qué te voy a decir, que ojalá wa-sa Allah me salga así la mía, si me sale gustosa, será como un regalo de los dioses, de los cielos; oye, ¿y ya está todo rojo?

No se refería a La Séptima Esfera, ni al Walhalla ni al Olimpo. Se refería a su cuarto de serestar, a sus paredes, que, cómo no, ya estaban tiñéndose. Ensimismada ella por completo en presentes, había dejado que acogieran los borbotones de varias catástrofes, y los charcos de otras varias pistolas, y los lagos de amputaciones por bombas, accidentes más un sinfín de desastres de la hermosa naturaleza, y ya estaban a punto de chorrear escarlata, una dos tres cuatro, red room rum red, ya a punto de escarlata lava humeante, sin que la devastación que juntaban, con desgarros de carne y jirones de ropa y diluvios de restos y añicos exprimidos en jugo de bien presente Apocalipsis, sin que nada le hubiera impedido masticar ni gustar ni tragar, porque ella, aun sin sonrisa carámbano, ya no era ella, María, sino cartónpiedra, el cartónpiedra temido de una ciudadana del Circo de Roma, y una Marie Vallée tricolorteusando, y una ejemplar blanca impávida frente a un árbol de Mississippi de los de Billie Holiday de extraño fruto negro, mum, todas a una, fuenteovejuna asquerosa que haces que los Joel y demás gafes malajes parezcan pobrecitos cándidos, y entonces ella, yo, María Vega, cerró el sor Juana latiendo y estremeciéndose toda a una, y, con rabia de haber vuelto a prestar ojo a las imágenes, toda, lo iba a corregir ya, no me rindo, y, a una, lo iba a enmendar, que es fácil, por lo menos eso, es cosa de ir a por un cofre de presente, sacar un tesoro, y ya, cinco sentidos; claro que, ahora, a ver dónde encuentro uno, Silver y Flint no están y me parece que los Corsarios han zarpado espantados a toda vela... y en el documental ese italiano que grabé hace unas semanas y aún está ahí sin ver, en ese documental, no sé, a lo mejor, quizá podría, ¿no?, tenía buena pinta, y aunque haga esperar al cañón, no será mucho porque duraba sólo media hora, una cosa así.

En el documental, sí, podría haber tesoro, siempre que terminara ella de poder, absorta como estaba untando en una rueda de pan queso con orujo, y a punto como estaba de explorarlo, sin darle tregua, tres humildes cadáveres pateados por botas negras-grises-verdes-azules-y pardas fuenteovejuna surgieron para completar el naufragio, el suyo escarlata, y, toda a una, empujarla hacia la cinta y el vídeo con un gesto de salvación, porque el vídeo siempre era para ella un cofre, un bote salvanoches.

El vídeo era un arca llena de tesoros y, por eso, un gran invento. Uno con el que salvarse otra noche, feliz de que le hiciera posible lo que intuyó desde que supo de él y defendió cada vez que se lo pusieron en duda los amigos, que fue casi a diario, y que aún lo es, porque hay que ver cómo son los ilustrados con las máquinas, con los inventos; pasan años, siglos, y ellos más o menos igual, Hmmm máquinas, Hmmm artefactos, siempre así; y si antes los amigos me preguntaban, Pero ¿tú crees que será algo tan bueno?, y yo les contestaba que sí, que lo creía,

–¡y mira, ya empieza!

En la pantalla, un paisaje de pinos, pueblo dorado y madrigal de Marenzio, se quel dolor, ya introducía el documental al fondo de otra rueda de pan untada. Bueno, pues si antes me preguntaban eso y yo les contestaba que sí, que lo creía, ahora Manuel me sigue preguntando, Pero ¿de verdad lo crees, no te parece que le quita a las imágenes la presencia que les da el cine, la magia famosa?, y cuando yo le contesto que sí, que me lo parece, pero que, aparte de que no creo que sea cine sino un complemento suyo de intimidad como un libro de arte puede serlo de una pintura o una escultura, está su lado documental que es casi el más importante, cuando le digo eso, entonces él, Hmmm, no sé, y con él, la mayoría de los amigos, siempre así; y él, ¿por qué me aplastará?, ¿por qué me dejará tan rota con su duda que es eso, duda, y no impone y siempre está abierta?; pero Manuel, piensa en los que vivimos en ciudades así, de provincia, o en pueblos, o en aldeas, ¿no crees que el vídeo es una vacuna contra el muermo, un Sigmundo?, eso le dije en agosto en el Festival, y él se rió, bueno, él y todos los amigos que estábamos porque fue a la salida de una Tetralogía en el teatro romano y mi pregunta venía bastante a cuento, aunque ahora en cualquier parte y a cualquiera le diría lo mismo, no te creas, no sólo a él, a cualquiera, en esencia, se lo diría, igual.

En noviembre, ante la pantalla y sin teatro romano, diría que era un Sigmundo en todas partes que, con su beso, anulaba los Ordeno-Y-Mando-Y-Programo-Y-No-Rectifico-Ni-Alivio, y que, al hacerlo, en igualdad y libertad, podía anularlos en fraternidad, en regresos, estancias y demoras al gusto, ¿te das cuenta, don Baltasar?; Me la doy, sí, pero escúchame, ¿no va a ocuparse así cada cual sólo de su gusto y de lo que más se lo regale?, porque mira que así, hasta los hombres de mucha naturaleza, los de ilustres ingenios que han de tener mano en todo para mejorarlo, se pueden enviciar y anonadar en el covachón de sus caprichos como hace el vulgo, en el Covachón de la Nada; como hace ¿el qué?, oye, me parece que ésa es tu vena señorial que se te ha escapado, tu vena elitista que te ha salido entera, y ya sabes lo que de ella te digo, que aunque te salga en superverbo, ahora huele a Conde-Duque, y mejor olvidarla, ¡Covachón de la Nada y del vulgo, caray!; además, como todos nos vamos a dedicar a nuestro capricho en cuanto podamos y nos dejen, santos de altar aparte, con el vídeo, por lo menos el que quiere, puede dilatarse, ¿no?; Pues no lo sé, no lo sé.

Pero si no lo sabía, como era natural, sí podía imaginar cómo él la miraba y daba su aprobación al oxígeno que iba a lograr esa noche, y al que lograba otras noches de Ordeno-Y-Mando-Y-Programo insufrible, y al que podrías lograr tú, Manuel, si no dudaras tanto y tuvieras menos sindéresis, y que ahora bien podrías llamar, bien podrías invitarme a salir, Manuel, lo dejaría todo, Fina incluida; por qué no lo haces; y dónde estás; daría cualquier cosa por estar contigo, por ver tus ojos, tus manos, tu boca. Viendo, a cambio, en la pantalla, cómo el resplandor del pueblo que había surgido en acabada sencillez, con el dorado de su iglesia, sus tejados, cultivos, bestias, y risas de niños, que se podían oír pero no ver y por eso eran también doradas, cómo iba adquiriendo un brillo cada vez más cargante plano a plano mientras el film iba logrando cada vez más lo contrario de lo que su género anunció, indocumentar por cansancio aburrido, y todo por el presentador ese, que, óyelo, aplasta todo, el Pensaservidor ese de turno, un asco.

El Presentador asesinaba con su verbo de Atila lo que se le pusiera a lengua, pueblo, pinos, espuma de almendras, su copa vaciada de un golpe, se quel dolor, lo que fuera, y ella, sueño, sopor, cama, sábanas, almohada. Y no quería. Ni tampoco podía. El cañón aún la estaba esperando, y no, imposible. Pero qué hacer. Sus ojos se le achicaban incapaces, y, para colmo, ahí aparecía en un rincón su padre para, desde las sombras, animarla a que los achicara aún más, Señorita, ya me está usted haciendo ojales, conque a la cama se me va escopeteada, así le decía en un tono perentorio de infancia, y ella, obediencia, sumisión: cama, sueño, sábanas, buenas noches, hasta mañana. Obedecer, qué cómodo; las culpas, de otro; como tú me dijiste que lo hiciera, yo lo hago, y allá tú; qué fácil; dormir, qué gusto; estirarse en la cama a lo largo y ancho sabiendo que es sábado y no hay que pensar en la hora ni en lo que mañana tienes que hacer, notando fresco primero, y poco a poco un calorcito rico bajo la manta y la colcha que no pesa y abriga tanto tanto, qué maravilla.

Y lo habría hecho. En la cama, no, pero en el sillón, sí se habría quedado maravillada con la barbilla abajo y la boca entreabierta, si un guiño en el brillo cargante no hubiera venido a cortarle el sopor de raíz,

–porque ¡ya, lo que me faltaba!

De golpe se lo quitó.

Ya, lo que me faltaba, porque ahora resulta que se parece a Manuel; antes no lo vi, pero en estos primeros planos y sobre todo cuando sonríe y sube así los ojos y los guiña, así se le parece, y mucho; bueno, muchísimo.

Sus ojos mucho más despabilados, porque el historiapresentador que hacía Historia irrelevante de cada piedra o brote vegetal, al sonreír, le recordaba al amigo en cuya compañía se sentía ella completa desde que lo encontró hacía dos años, cuando en uno de sus paseos al azar descubrió el pequeño semisótano donde tenía instalado su negocio, su tienda en la que no vende estupideces de las que llaman de regalo ni Antigüedades de Luxe sino lo que rescata en los pueblos y va restaurando luego por gusto, por vocación, con quien resultó fácil hacer amistad en charlas, afinidades o compras a plazos sin plazo, y luego, en salidas, espectáculos, viajes, excursiones y fiestas junto a su grupo de amigos en el que la integró, y yo feliz, porque para eso estoy en la segunda estación de la vida que es la de emplearme con los vivos según él siempre, don Baltasar, amigo él, Manuel, que aún no la había citado ni un día a solas, ni uno sólo de hombre a mujer, y bastante me duele, y por quien venía sintiendo un deseo que le crecía de noche en la cama, no ya en sueños dormidos, cuando el deseo se le expresaba sin control y en trances realmente imposibles, sino en ensueños despiertos, cuando ella se adueñaba de él, y, ojos-ojales, y sin la presencia de Gracián, podía expresarlo en trances irrealmente posibles.

Entonces, él, Manuel, me desnuda como quiero, que es despacito, recorre mis dunas y mis cuevas con dedoslabios de caricias que son mis preferidas y que él sabe adivinar no sé cómo pero las sabe en soplo, en viento y en tifón desatado por mí, que también le desnudo despacito y adivino las suyas en aura, en brisa y en ráfaga tampoco sé cómo, por amor, así quiero, y entonces, los dos tumbados en la penumbra, juntamos nuestras carnes una como hecha para la otra, y después de gozar muy paso a paso y muy quedo quedito un crescendo de avances y remansos que antes no he conocido porque para mí poco cuenta la primera vez con Juan, los dos tan jóvenes y con tanta prisa, él por deseo y yo por vida, por experiencia, y no quiero ni pensar en Julio, a Julio lo vio el día anterior, sí, lo vi en don Chus, pero he dicho que ni uno,

–¡Manuel!,

entonces, después de gozar ese crescendo que sólo he imaginado a través del de alguna masturbación rara, con mi carne tan carnal que es como si no la hubiera antes tenido, entonces, los dos empezamos a subir alto y tan alto alto, que allí, se estremeció, allí los dos, antes siervos de El Tiempo, lo abolimos en un segundo que es todos, allí los dos, antes secretos, nos descubrimos sin ningún entresijo, ni una reserva, allí los dos, hachón y tea en llamaradas, nos refrescamos en la misma fuente y donde sólo había andamios pobres construimos un real sitio con vigas de cedro y artesonados de ciprés, allí los dos, antes ignorantes, nos hacemos sabios viendo que la raíz se funde en una flecha y la humedad subterránea en un surtidor de delirio que no delira en nada, y allí los dos, antes deseo disperso, nos encontramos como el pez encuentra el agua, la piedra el centro y el imán el norte, en una pérdida que no lo es, es suma, y en una suma que es éxtasis, y fondo y superficie, y contenido y forma, y paraíso, y también dios, sí, también dios, aunque no el del Ojo Cíclope de Pestañas como Rayos que ni Tres en Persona tiene persona a la que desear, es un dios que, encarnado por mí, diosa también, reúne al deseado y al esperado y al mahdi y al verbo que se hace carne y habita entre nosotros-conmigo, para enseñarme a habitar toda la vida, y para, una noche, en temblor húmedo y latido de cielo, tierra, estrellas y espacio infinito abierto, habitarme en un hijo, el único mío posible.

Manuel. Que la miraba siempre sin deseo y con la franqueza de no franquearle un poro a su intimidad, y yo con esta timidez mía de pueblerina, Emmanuel, por quien siempre trataba de hermosear lo que tenía más hermoso, y yo con esta cara redonda mía de labriega hija y nieta de labriegos, Manuel, dueño de una desenvoltura urbana y un trato tan de amigo y punto, que, poco a poco, se le fue deshaciendo a puntos de agua en sus ojales, Manuel, a sucesivos puntos aguanosos al verlo alejarse como Dios de imposible Desierto, y de inalcanzable Decálogo, y de Zarza que inflamaba pero sin inflamarse, y de un rostro tan lejano,

–Manuel,

tan ajeno, como el del profesor que seguía en la

pantalla con su labia, parla irrefrenable, y sobre el que vio de pronto sin saber bien por qué a Virginia, la amiga pelirroja del grupo, volviendo entonces el desplome de cabeza que debía cortar antes de su instalación definitiva, y para eso, lo mejor era moverse, y mejor aún, levantarse.

Mejor ponerse en pie, y evitar que, entre el sueño, la digestión y la pantalla hipnótica, se fuera derrumbando poco a poco allí en el sillón, y no, que me vaya quedando como padre en el cine del pueblo los domingos, y eso no, porque entonces me dan las Siete Cosas; ¿Las Siete juntas?; las Siete, sí, y antes de que me preguntes por qué, te lo digo; verás; padre, en las sesiones del domingo, y nada más empezar la película, se quedaba derrumbado a plomo, zas, fuera cual fuera, se quedaba con la barbilla abajo, la boina en la frente y la boca abierta en caverna rugidora ante la chirigota general, ante los compañeros de juego y de escuela, y ante el alcalde, y ante doña Lola, que no era chirigotera pero sí amable y condescendiente y por eso casi peor, y se quedaba así con una desgana y una falta de interés, una fealdez, que, sí, claro, ahora me dan igual, las veo hasta con ternura, pero entonces sólo me daban vergüenza y ganas de escapar, y mira, prefiero apagarlo. Preferible renunciar al vídeo, bostezar, y, hábito, arriba.

Devolver la bandeja a la cocina, mucho más pesada que cuando la llevó con los alimentos, algo curioso,

–¡el puré...!,

allí, en la cocina, fregar lo sucio y no dar más importancia a las lentejas limitándose a escurrirlas y a dejarlas en el cuartito de al lado que le servía de despensa y recocina, y hasta la mañana siguiente porque de purés se consideraba incapaz, ahora purés ni loca, ahora música, y por fin, regresar al cuarto, para sacar de las tres cajas de casetes, alguna de las que, por amigas, le gustaba escuchar escribiendo porque la acompañaban sin exigirle atención, a veces borrándole de ella nubes, y a veces, incluso borrascas, que tenían ese poder.

A ver. Se acercó a la primera, y ojeó: Amalia, doña Concha, Edith, Imperio Argentina, Om Kalsoum, Domna Samiou, María Tanasse... Allí tenía, no al completo, claro, pero sí un buen surtido de sus diosas más veneradas, que, sin embargo, dejó en reposo esa noche porque lo pensó, y su ánimo no estaba para esas emociones. Así dejó también la segunda, en reposo, porque para el pop y el jazz que contenía, su ánimo tampoco estaba, aunque un momento, que The Doors... The Doors se han quedado aquí a la vista, y no sé; pero no, esta noche, no, decidido. Y por fin, en la tercera, y como esa noche ahí sí, con las dos manos empezó a rebuscar: Albinoni, Bach, Bartok y su cuerda, percusión y celesta que aún no conozco bien y no, Brahms, Biber, Cabezón, Couperin, Händel..., dudó un momento, Händel y El Mesías con su coral for unto us a child is born, es muy apetecible, mucho, pero esta noche no, a ver, Ortiz, Ortiz sí, lo dejó aparte, Pachelbel, Purcell, Stravinski tan barroco aquí pero que hoy tampoco, Telemann, Vivaldi y Mompou,

–Mompou al final, qué raro.

Mompou sobresalía allí, al fondo de la caja, y le

asombraba, no por estar al fondo, que podía ser un despiste y por qué no, sino porque era precisamente quien le apetecía esa noche, y, precisamente, para el final, para después de las Recercadas de Ortiz, que llevaba sin oír no sabía el tiempo, ni lo sé, y con lo que me gustan.

Tomó las dos casetes, puso la de Ortiz, y se sentó extendiendo bien el caftán.

Pues sí, a Diego Ortiz lo quiero... bueno, para qué, tú ya lo sabes. Sí, Gracián ya lo sabía de sobra. Lo sabes, sí, pero mira, lo que no sabes es que, es oírlo, y sentirlo como seda, en esta casete con Arkadelt, cosa inmediata, oh felici occhi miei, lo oigo, y seda; ¿Seda dices?, ¿no está eso de la seda ya muy visto, un tantico gastado?; pues no, don Baltasar, y cómo eres, siempre andas pinchando, y no, ésta no lo está, ya ves, ¿y sabes por qué?, porque no es la manida manoseada por los sedantes sedentarios de Suave Como La Seda, es una moaré de matices que acarician, y con playas, bahías y oleajes, y con un tono granate mórbido como así como de terciopelo que no he podido decirte porque no me has dejado, pero ésa es, ni vista, ni gastada; ¿Como de terciopelo catalán?; bueno, pues como de catalán si así te gusta, aunque mejor como Ribera, como un tafetán color tinto Ribera es como lo siento, y me remango el brazo hasta el codo, y míralo.

Ahí podía enseñarle entre aleteo de pestañas para espantar el sueño, cómo las notas conmovían su piel, o felici occhi miei, aguas de tafetán en la blancura y bahías y oleajes moaré en la extensión, eso le enseñó.

Pero también podía enseñarle acto seguido cómo la piel se le erizaba sin aviso en la de gallina,

–¡ay, no!,

en la piel obscena y casi palpitante de gallina que habían desangrado su madre y su abuela en un lebrillo de navidad mientras contaban chismes y el animal agonizaba gota a gota, rojo intenso cruel sobre la loza blanca y hogareña, eso vio, y como no quería que él lo viera porque ella en absoluto lo quería ver, se cubrió rápidamente el brazo, volvió a ellos, Arkadelt-Ortiz, oh felici occhi miei, y le pidió con urgencia a Gracián algo agradable, algo que me apetezca en cinco sentidos, anda, ¡por favor!; Pero ¿qué, búscasme a mí?; pues claro, a quién va a ser, hombre; ah, pero un momento, que antes tienes que recordar lo que pactamos, el acuerdo que hicimos sobre el superverbo. Porque habían acordado que, en cuanto pidiera actualizarse, lo hiciera, que ella lo actualizaría, con respeto, desde luego, cómo si no, pero en actualidad, en presente, y ahora debía hacerlo, ahora, en vez de ¿búscasme a mí?, es ¿me buscas a mí?, el búscasme suena a, como decirte, suena a zarzuela, ¿sabes?, y, en fin, un acuerdo es un acuerdo; pero, hecho esto, sí, a ti te busco para que me cuentes algo agradable; ¿Como qué?; ah, no sé, o bueno, sí, como lo felices que tenían que ser tus ojos mirando a Italia y sintiéndola tan cerca como ellos dos, oh felici occhi miei; Sobre Italia quieres entonces; Bien, veamos; Sobre Italia puedo decirte que, en mi tiempo, además de la oficina de grandes hombres que fue siempre, era nación tan culta y perfecta que, si viciosa, lo era por deliciosa al poderse vivir más en ella en un día, que en las otras en un año, y en cuanto a Roma, que todo el mundo cabía en ella, ¿puedes creerlo?, porque el que iba a Madrid, sólo iba a Madrid, el que a París, no veía sino París, y el que veía Lisboa, veía a Lisboa, pero el que veía a Roma las veía a todas juntas, y gozaba del mundo de una vez; ah sí, como ahora pasa en Nueva York, yo fui a Nueva York un otoño, y sentí eso mismo, fue de lo más emocionante, vivías tantas cosas buenas de ahora como antiguas, y todas de una vez, imagínate; había una exposición dedicada a nosotros, a nuestras culturas, que me impresionó especialmente, allí estaba Iberia, y Grecia, y Fenicia, y Sefarad, y Roma por supuesto, y los Celtas, y Al Andal, Sí, pues Mari, ya que tan por supuesto das que todos los caminos van a Roma, no me hables más en tisilatín, te lo pido por favor. ¿Sería posible? Porque esa voz no era la de Gracián.

No lo era, ¿y sería posible que doña Lola, su maestra nacida en levante y siempre tan discreta y recatada, la hubiera interrumpido así, brusca? No sé, voy a ver. Iba a centrarse en un punto definido de la mesa, en la esquina mellada mismo, y vaya, vaya si era posible.

Su maestra ex tuberculosa y represaliada tras la última guerra bárbara en esas tierras de interior, y con la peculiaridad de trocar lo feo-triste y lo defectuoso-mustio en tísico, ahí mismo, en la esquina mellada, estaba haciéndose notar: Buenos días, hoy, lo primero que vamos a hacer es cambiar las tisiflores por éstas; eso nos dice cuando las flores del jarrón que hay en su mesa están mustias, y en seguida las cambia por las que trae frescas en una mano desde su sencillo invernadero; Ah, y mañana no me vengáis con tisitraducciones, ¿me oís?; sí, te oigo. La oía mejor que a sus doce años; Ah, y Mari, no me declines con esa voz de Violeta sin camelias, que el latín fue lengua de dioses, poetas, héroes y filósofos, y tiene que sonar, mujer, escucha cómo; y entonces, componiéndose las manos frente a su boca en flauta travesera, entona un tu-tui-tibi-te-tu-te, te-tu-te-tibi-tui-tu de tan bucólicas escalas, que conmoverían hasta a las piedras del Coliseo.

Hasta a los adoquines de la calle mayor, hecha vía Augusta, donde la rueda seca de los carros le estallaba en chispas opulentas de cuádrigas con penachos al sol y rostros esplendorosos de galanes sobre un fondo épico de fanfarrias que ahora la hacía feliz, te-tu-te-tibi-tui-tu, y muy feliz, a pesar de no ser aficionada a esos regresos, ¿aficionada?, más bien soy alérgica; ¡Vaya por dios, ya estamos! Ya había surgido la vieja diferencia.

Pues sí, ya surgió; el pasado, que se quede donde está que es donde mejor estuvo, y en esto no coincidimos, y lo siento, ni aun por ti voy a andar de tuna en esa reja con regodeos, fotos, objetos y demás fetiches al uso, a mí, ya sabes, vuelo, no regresos, a mí, tu-tui-tibi-te-tu-te, y vamos a dejarlo, que tú sí eres aficionado a las vueltas atrás, y prefiero no tocar más el tema; además, con los catorce años que llevamos juntos, ya me conoces; música, eso quiero.

La de Diego Ortiz. Que desplegaba sus quiebros, armonías y pausas en honda y voluptuosa variación, género que si en ese siglo, dieciséis, aún no abandonaba el sentido de la mesura y la medida clásicos, sí anunciaba la audacia con que se desplegaría después, a lo largo del siglo y medio siguientes, cuando las variaciones, en plural, brillaran con todo su fulgor, en juegos sin fin. Pero ésta, fíjate, sin censuras, se extiende en unos pocos minutos con sencillez en la forma, severidad en el compuesto, nobleza sin arrogancia y majestad sin ostentación, como diría Felipe Segundo con su buen gusto tan pocas veces valorado entre nosotros, ay Felipe no de mi vida y ay Felipe no de mi alma, y esto me parece un prodigio; y también su nombre, recercadas; o el de diferencias, o glosas, tientos, contrapuntos, discantos, nombres todos de viva anticomodidad; pero bueno, ya es hora de recercar yo algo, así que, al cañón, a por la carpeta con el bloque, el liberty y los dos diccionarios cada noche más deshechos los pobres, y a hacer la primera descarga según un ritmo que es mío, pero que creo que fue el tuyo, sólo que al revés, y esto quería comentártelo porque nunca lo he hecho, y tienes que haberte ya dado cuenta hace mucho, que en ti es la noche quien previene y el día quien ejecuta, y en mí es justo al revés; Sí, ya he visto que estás hecha toda una lechuza apolínea, o de Minerva, que te gustará más, una lechuza atenagórica estás hecha, pero bien, a cada uno lo suyo, que para eso se hicieron los colores.

Se hicieron para que ella se privara de él, Manuel, obligada otro sábado, y para que fundiera el resto de sus voluntarias privaciones en un azul, que al ser Novalisnoche, o canto de la noche o noche oscura, a lo mejor llegaba a ser transfigurada, si soltaba las gomas de la carpeta, sacaba unas hojas en blanco, un bolígrafo, y el bloque de las otras hojas pasadas a máquina y aún no muy grueso, ciento noventa y nueve sólo, y, con todo, se acercaba la lámpara buena para trabajar, y a un sillón, a sentarse.

A él, a ese bloque, le dedicaba tiempo todos los días, sin faltar uno. No era mucho, un par de horas sólo, debía dedicar también algo a su diario y al amigo manual de la noche, y no podía más, pero esas dos horas, sí. Un par, entre limar lo último que había escrito y seguirlo al menos con la línea del nulla dies sine linea del viejo latino, para, después, los domingos, mecanografiar esas líneas en lo que ya eran páginas, y después, otro domingo de vez en cuando, releer el conjunto, y comprobar que adquiría hebra, y que ganaba textura y voces de novela. De la historia que se le ocurrió hacía seis años siguiendo la anécdota de cierta compañera de DOMUS muerta ya, Josefina, hasta desarrollar un relato, un relato-reto al no haber yo escrito antes más que el par de cositas aquellas que, como no me convencieron, tirélvidé, un relato-reto, que, al ir creciendo y moldeándose en su oscuridad y su luz o en la caligo-lógica barroca, se convirtió en su mundo, en el verdadero eje de su vida.

Un eje bastante débil, como se ve, de ciento noventa y nueve páginas sólo, y no quito ni una, ciento noventa y nueve, que pueden parecer un mal chiste para lo que me han costado, seis años, me doy cuenta, pero; Y eso, ¿qué?, en el arte, seis años, ¿qué son?, la prisa es lo que puede gastarte bromas, más que malas, mortales, y de esto es de lo que debes darte cuenta; ah, claro, y me la doy, me la doy; Entonces, ¿a qué viene esa sonrisa que no muestras, ladeada?; ¿ladeada?, no, ladeada, no, es sólo que, aunque te he oído muchas veces lo de la prisa, ahora me has sonado al cartel, y no sé, me ha hecho gracia, no para una carcajada, pero sí gracia, qué quieres; ¿Al cartel?, ¿a qué cartel?; al árabe de la pared de ahí, ya lo conoces, quien se apresura, hermano, ya está muerto; Pero ¡¿qué dices, mujer, yo morisco?!; ¿tú?, ah, pues quién sabe, en estas tierras todos somos un poco de todo, tú, yo, y los que no quieren serlo, todos, y además, ¿qué?, si lo fueras, tanto mejor, así serías más variado y dilatarías más; Dilatar más dices... sí, quién sabe, el universo se compone de contrarios y se concierta de desconciertos, de modo que, sí, podría ser, es que, hija, sucede aquí que, debido a lo extremado de la humana afición por la vida y la tierra, en ocasiones aun te olvidas de lo que eres, de dónde estás y de lo que desde aquí se ve, y esto es imperdonable, este olvido no tiene excusa, pues si algo se aprende aquí en seguida, es que ya no hay norte ni sur ni este ni oeste, que los colores de la piel no cuentan, y que, alcanzando apenas a distinguir, y con esfuerzo, golillas de alzacuellos, y valonas de corbatas o de tórridas carnes vivas, lo que se ve desde aquí son hombres hombreando, y sólo hombres; ya, sólo hombres, pero Mozart dice que nada menos que hombres; Ah, y muy bien dicho está, ya lo creo, pero no es el momento de tratarlo, que en lo que tú estabas era en lo de ciento noventa y nueve, y deberías seguir por ahí; pues nada, sigo, voy a estirarme un poco, y sigo.

Iba a desperezarse mientras bostezaba, y, ciento noventa y nueve, allí seguía.

Un uno y dos nueves, que pueden parecer un mal chiste para el esfuerzo que llevan detrás, seis años, me doy cuenta, pero yo sólo puedo decir que a mí no; a mí, aun con el trabajo de ordenar y ordenar cosas que, al influir en otras cosas, me han forzado a rehacer éstas, y otras anteriores, y muchas veces hasta capítulos enteros hoy todavía, hoy, más lo que te rondaré, claro, a mí, con tal de no decaer, me compensan.

A ella le valían el mundo, con tal de que en lo dificultoso estuviera lo hermoso, y de que en cada hoja imprimiera una huella más suya al tiempo que menos por ser más de personajes, y de que en cada huella las palabras se le arriesgaran a plantar en más desiertos, Siembra ésta, e interrumpo ya que es importante, siembra ésta de lo más feraz pues la desnuda narración es como el canto llano, lo que es decir, monodia, y con tal de que él siguiera estando así, a su lado, para verla crecer como se quería, si no escritora sí autora de esa novela, y todo conforme ahondaba, y pulo, y sumaba, y resto, y soñaba, y hasta me desvelo muchas noches intentando darle a ella voz, palpó con mucho tiento el bloque, e intentando darle a ella cuerpo, a Fina; a la mujer que se me parece algunas veces, aunque con pómulos de cine y de princesa africana porque para eso quiero y para eso puedo, que tiene un marido y unos hijos invisibles, que es mucho menos torpe de palabra que yo y aficionada como yo al barroco aunque puede que no tanto como yo, que vive entre unos cementos que apunta por las noches en diarios no como los míos porque ella escribe largas crónicas y además su vida no le gusta ni la siente eso, vida, y que un día, o mejor dicho, una noche cuando está a punto del somnífero final, decide ponerse a escribir cosas, recuerdos, historias de su familia y de gentes que ha conocido, o que no ha conocido pero de las que ha oído hablar o leído o simplemente indaga, y si al principio se limita a recomponer fiel a su memoria, poco a poco se va atreviendo a descomponer fiel a su invención, y de pronto, otra noche, y esto lo supe ayer por la mañana pero luego no te lo comenté, así que, por favor, atiéndeme, de pronto, otra noche va a ver que todo ese material forma un orden digno de ser una novela, y que ese orden la ha ido acercando a su vida, a sus diarios, hasta darle un aliento nuevo y, al fin, rescatarla, porque al fin hará eso, rescatarla, ¿eh?, ¿qué te parece?; Bien, muy bien, pero vayamos por partes, dices que de una memoria sin obra, va a surgir una obra de memoria, ¿no?; eso es, o de un pasado sólo de Fina, un presente de muchos, de los que lo quieran, claro; Ya, ¿y cómo lo vas a lograr?, ¿restando sequedad a las críticas de los diarios para aproximarlas al otro arte del escrito más amable según vienes haciendo hasta hoy?; ah sí, eso no te lo he dicho, es verdad, pero ahí está la cosa, en que el lenguaje amargo de los diarios va a ir suavizándose poco a poco capítulo a capítulo, sólo que si hasta ayer no sabía bien por qué y sólo me gustaba la idea, ahora sé que va a ser para lo que dije, para que Fina reviva; Entonces, lo que descubriste es que ella va a conjurar la Mentira de la Vida, la Burla de la Fortuna y la Garra de la Muerte trocando a tiempo

Engaño en desengaño, ¿me equivoco?; en nada, no te equivocas, no, pero trocándolo en desengaño del tuyo, ¿eh?, del que impulsa en vez de expulsar; Sí, del que perfecciona naturaleza con palabra, ya veo; ¿ah sí?, pues me alegro un montón, pero lo que no me dices es cómo, cómo lo ves; Como un desempeño relevante, ¡y de lo más!; bueno, bueno, tampoco hacen falta excesos, que todavía no sé muchas cosas; ¿Muchas?, ¿como cuáles?; pues como su título, no tengo ni idea; Pero el título ahora no importa, ya lo sabrás; sí, ya, pero es que tampoco sé si sabré desarrollar bien la historia, si juntaré material suficiente para que sea novela; Ah no, por eso no debes temer, la mayor o menor perfección no consiste en cantidad, y si alguien te quiere convencer del género de tu historia por su corpulencia, es porque la quiere para ejercitar los brazos antes que el ingenio, no, tú haz lo que debas, y no pases cuidado; sí, ya, pero es que, y para seguir con los peros, es que tampoco sé el final, no veo claro qué va a hacer Fina con su vida para su rescate, y me refiero a su marido y sus hijos y su trabajo, porque algo tendrá que hacer, eso seguro; Y lo hará, lo hará, pero a su modo, y los modos necesitan madurar para modificar, tú déjala, que cualquier noche te sorprende; ah, claro, cualquier noche, y para que lo vea, ella bien dejada y yo bien ocupada en ella, ¿no?, pues te digo, no es por quejarme, pero con el trabajo que me da y la paciencia que le tengo que tener, hay noches en que la mandaría a freír espárragos, no, a hacer puñetas, no, espera, a la mierda, allí la mandaría, y si esto te molesta, lo siento.

Noches en que la sentía un estorbo para vivir, un deber más que un placer, y entonces, no sólo había que levantarse, sino que había que hacerlo en dirección a las botellas de licores y los vasitos.

Hacia el estante donde los tenía puestos, para allí mediarse un vasito con el anisado preferido por su familia, por su padre, que solía beber cada noche una copa oyendo la radio ensimismado en su rincón, licor que, además de guardar para ella el especial significado de que en las celebraciones importantes de su infancia la dejaban probarlo y entonces adquiría por unas horas el soñado estatuto de mujer, además de eso, ahora, ya mujer, le obsequiaba con una madrugada doradazul como de mar griego o de pintor primitivo italiano que no sabía si era real, o que si lo es, sigo sin saber cuál es, y por eso me atrae; porque es un capricho misterioso de mi cabeza, como el de las ciento noventa y nueve, que no es que sean capricho, claro, y pensarlo enfada, pero sí son otro misterio de sillón, de lámpara en lo oscuro, y de toda la quietud que exige cualquier mundo que lo sea, que lo sea un poco, y que, una vez hecho, tiene que estar siempre haciéndose, en regresos, estancias y demoras; y cuánto cuesta. Olió el vasito, y regresó con él al sillón.

Dar orden a lo que quiero mío y de Fina, y amargo por un lado y amable por otro, y que tenga tensión, y además sea intenso y además pueda despegar y volar, eso me cuesta, una vez en un mal sueño, era toda mi vida, fíjate qué horror; porque, sí, hay pasajes que nunca he tenido que tocar, partes que, al releerlas, me alegran y hasta me dan alas, me dan ganas, las hay, pero como se pueden contar con una mano, o como mucho con las dos, su efecto acaba siendo el contrario, el de resaltarme torpezas, y todo lo que me queda por recercar aquí sola, porque Fina me tiene a mí, pero yo, ¿a quién?, a nadie; ¿A nadie?, ¿eso sientes?; no, bueno, quería decir que; Te lo pregunto, porque si apenas te doy consejos cuando escribes, es porque es fácil ser lince en cosa ajena, cuando escribes, yo, prudencia y discreción, pero cuando me buscas, ¿no te ofrezco opinión y socorro de palabras para que puedas exprimir mejor la copia de tus pensamientos?; hombre, claro que sí, tú y algunos más, pero tú con las disparidades, proporciones, desproporciones y etcétera que sé que están ahí, en mi despensa, y que aunque no tome o sólo adapte, siempre pueden ser un punto de partida, lo sabes bien; pero no, cuando hablaba de soledad, me refería a la del cuerpo, a la física; Pues la soledad física es la física del arte, su partera; ya lo sé, lo sé, y es lo que intentaba decirte, que al final, sólo sumar-restar de noche con Fina como única beneficiaria, y procurando, eso sí, que las vejecias que se me quieren pegar de día como las Ay Felipe de mi alma no se me peguen, y no hay más, eso es todo; ¿Y qué es eso de Ay Felipe ay Mari Pepa, que antes te lo quise preguntar, y se me olvidó?; ah, ¿no lo sabes?, es la zarzuela, es una a la que me parece que te llevé una vez, ¿o no?, ya no me acuerdo, la verdad, pero espérate un poquito, que bebo.

Que esperase para un sorbo, o mejor para dos, dos sorbitos lentos y espaciados, antes de empezarle a explicar por qué el Ay Felipe ay Mari Pepa, y por qué había escogido lo de zarzuelero como resumen, símbolo, emblema y compendio. Y si esperaba a un tercero, mejor, que ya era mujer, y quería impregnarse de doradoazul.

Verás; la zarzuela es para mí una ocasión perdida, una nuestra más; porque no supo seguir el camino que abrió en tu siglo el teatro, la música de teatro como la de Sebastián Durón, que es algo posterior a ti pero su Salir el amor al mundo, con su sosieguen, descansen, tan refinado, podría haber sido eso, un camino a seguir, pues no supo o no pudo aprovechar ese camino para ir hasta la ópera, ni tampoco tomar el chispeante de las tonadillas y hacerse género de verdad popular, que no fue, y cómo iba a serlo con rosas que son Rrrosas, claveles que son Calaveles, y banderas que son Banaderitas gualadas y demás, así, ¿cómo?, pero bueno, el caso es que no pudo, ni tampoco pudo llegar a la opereta que las clases ricas y vividoras de Europa hicieron posible y que aquí, claro, imposible, y la pobre se quedó en un Ay Felipe ay Mari Pepa, que tampoco tuvo la suerte de que lo dejaran ahí tranquilo en su minúsculo fin de siglo nacional donde aún tendría su gracia, y en cambio tuvo la desgracia de que la volantería sainetera y después bárbara la hiciera espectáculo cultural, el Primer Bárbaro a la cabeza con Marina yo parato muy lejoso de aquí, que es la que, al parecer, le encantaba, y entonces, cómoda mediocridad, vejecia, porque se siguen reponiendo una y otra vez como si nada; y el caso es que algunas están bien,

Agua, azucarillos y aguardiente, me gusta, y en las de Lecuona encuentro el sabor especiado de la ida y vuelta, pero en general, la inmensa mayoría, resumen, símbolo, emblema y compendio.

Uno, al que, después de ir, por saber, bastantes veces, y salir siempre indigesta, si me vieras, salir siempre harta de esa clase media apantuflada provinciana untándose la costra más encostrada de sus ombligos con Fiel espada trriunfadora, Mujere prrimorosa calavellina o Ay mi morena calara qué gusuto da mirarala, salir siempre cohete de esos espectáculos ñoños y esos tachintachines con tufos de Lírica Inmarcesible, sí, sí, oyes bien, según un crítico de un periódico nacional importante, Es Preciada Lírica Nuestra Inmarcesible, ya ves tú, pues salir siempre con tal sensación de que lo que veía y escuchaba estaría mejor guardado en archivos o en casetes o en discos que allí, ocupando todo un gran teatro, tal sensación, que, de una vez, fuera,

–dejé de ir,

de una vez cortó, partisana emboscada en su murmullo imperceptible contra todas las Mari Pepas opuestas a la suya, su Fina de a pocos, y partisana que, de otra vez, iba a cortar las pausas y los descansos para hacer el primer disparo de cañón, aunque para él, ¿por qué no aprovechar?, ¿por qué no usar la munición de lo que habían hablado aquella noche sobre calidades y géneros?, eso de que si la novela se sustenta de palabras... ¿sabes qué digo?; Sí, creo que lo sé, y vamos a ello si gustas;

–que si la novela se sustenta de palabras, a las palabras las fecunda el pensamiento, aliento del hombre cuando va de lo pintado a lo verdadero, y hace vivir los cinco sentidos sin que tengan que emplearse,

así, así era, sin que tengan que emplearse, y me gusta, me sabe a delicatessen; pero oye, si alguien me viera ahora aquí, con Ortiz tan bajito y murmurando sin persona de carne al lado, ¿qué pensaría?, que estoy algo tocada, ¿verdad?, eso pensaría; Puede ser, es lo más fácil, y lo más cómodo también, pero no tocaría verdad, eso no, porque, ¿con quién mejor puede hablar uno que consigo?, ¿qué amigo hay más fiel?, no digo que lo debas hacer siempre en voz alta, que no es juicioso, pero conversar contigo, ya lo creo que debes siempre, porque hablarse a sí es decirse lo que ningún otro te dirá nunca.

Hablarse así, en el superverbo, era construir una hermosa fortaleza, sólo que en voz tan alta y tan sin escucha, no, y tendría que sujetarse un poco. De momento, ya había sujetado el bolígrafo, había separado del bloque las dos últimas hojas escritas por las dos caras a mano y futuras páginas ciento noventa y nueve y doscientas, y ya iba a ponerse con la primera frase que hizo la noche anterior para la sección de diario del capítulo en el que estaba, y que le gustó, le gustaron todas, siempre que a esa primera le sustituyese la torpeza que, al descubrirla, le horrorizó. Sin titubeos, a eso iba, y encima, con ganas.

Y era extraño eso de las ganas para alguien que sufría tanta dificultad. Entre otras desventajas, la de una constante inseguridad al escribir, y la de una constante necesidad de corregir lo escrito una y otra vez. Pero, curiosamente, por lo mismo, porque no era escritora, se libraba de la famosa tirria de los que sí lo eran por la página en blanco, y ahí sí, ahí tenía una ventaja, que, cierta vez, hablando con Gracián, dicha tirria se le apareció como un vicio de Oficio que lo que hacía era impedir, y ella, no, ella, ganas. Aunque con las correcciones, paciencia, hay que tener mucha paciencia, y con algunas, bíblica, pero lo que me digo, ¿no te cansabas de querer un mundo y de querer huella y todo eso?, pues hala, a aguantarte tocan; lo malo es que hay veces que son tan desesperantes, que, primero, empiezan por recordarme una oficina, el trabajo pesado, repetido y sin fruto de una oficina, luego, pasan a recordarme el de DOMUS, y entonces, ¡zas!, azufre, el diablito.

Entonces, pasaban a recordarle la tentación que tenía muchas veces de dejar las cosas tal como le salieran, en su espontáneo caer libre de hormas y formas, y nunca atendió, nunca jamás, convencida de que para tal descaro le hacía falta oficio así, sin vicio, y, desde luego, la gracia que otorgaban los dioses, las musas o quienes fueran, pero de la que ella carecía, y hala, a aguantarse tocaban.

Pero sí, muchísimas veces he tenido esa tentación; y la tengo, no creas, ¿o no sientes ya un tufillo a azufre?, porque ahí veo al diablito de la vuelapluma y la action writing, aquí se me sube al oído, y aquí me sopla, ¿Y por qué no?, ¿por qué no pruebas hoy a ver qué pasa, eh, bobica?; Pues no te calles, de ninguna manera, respóndele que no hay belleza sin ayuda ni sutileza que no dé en bárbara sin el realce del artificio, y que ambos, ayuda y artificio, son trabajo, aplicación, díselo así, ahora bien, es cierto que escribir al repente, a veces presta vivacidad y, con discreción y práctica, gran perspicacia, de modo que, probar, puedes, no te hará ningún mal, al contrario, ¡negligentia diligens, recuerda!; sí, sí, espontaneidad estudiada, ya te recuerdo, ya, pero, ¿sabes?, no me voy a dedicar a ella porque se me está haciendo tarde, y lo que has dicho es una grandísima verdad, y aunque a éstas, a las frases de anoche, hay que ayudasutilizarlas, y mucho, tanto en el ritmo como en el tono que llegó a inflarse como pavo real en rueda con Fina y su soledad, porque en mi escrito, eso puse, porque en mi escrito parezco un cometa inflamado en el vacío, eso puse, fíjate, puaf, pues aunque haya que ayudasutilizarlas a todas, lo del principio fue el colmo.

Eso es lo que iba a corregir. En la primera frase de las últimas escritas, horror. Allí, le saltó aquel adverbio de modo malsonante por oírlo a cada cuarto de hora de cada jornada en boca de su jefe, justamente, y allí, en su mitad, la asaltó entre sus diez negras patas él, Bernardo,

–¿guas!,

él, ex cura, ex bárbaro, y ahora miembro activo del Partido más conservador, con su calva de dos pelos sobre su eterno terno azul de rajitas detrás y delante botones de ancla dorada de Almirante, de Almirante de Secano, él, Bernardón, ensartándome sus chuscadas una tras otra como Licenciado del Chiste que es según tú, siempre tan fino, pero como Torquechuscada que es según yo por lo que con ellas me fríe siempre, Bernardazo, y, más horror, allí vio que a los posibles lectores también podría freírlos si no lo desechaba ya, al instante,

–¡guas!,

por lo que, ya, al instante, sacó el grueso y negro rotulador que reservaba para esos endriagos, y ni huella se pudo rastrear después bajo la mancha clara, oscura, espesa y grasienta que le borró, Bernardo Justamente, y que le aniquiló con un placer más hondo que el del Ribera de la cena, y con un gozo parecido al de los letargos sensuales con Manuel, aunque ese gozo, al recordarle ahora que no pudo encontrar ningún sustituto, se le nublaba rozando ya la insania, la manía, pero si pruebo ahora a buscar uno y se lo encuentro, pues mira, todo sea por eso.

Todo era por volver a releer el pasaje entero, de ahí las dos hojas, para obtener una visión de conjunto, que siempre ayudaba.

Ciento noventa y nueve,

Diario.

Estamos a veinticinco de diciembre. Pero voy a escribir antes sobre ayer, porque anoche, con el jaleo del día y de la cena, no pude. Aunque primero tengo que decir que dejar ayer el día en blanco no me gustó, me sentí como privada de algo bueno, y hoy, pensándolo, me he dado cuenta de que es porque cada noche me divierto más escribiendo estos diarios y encontrándoles gusto de palabra, y esto me parece una buena señal. Ya veremos.

Veinticuatro: Nochebuena pasó como siempre desde que los chicos son mayores. Pasó pasando. Después de preparar la cena y de adornar comedor y casa en el ambiente de oro, incienso y mirra que recuerdo de la niñez, después, todo se limitó a lo justo: la alegría, a risas con metrónomo; la cena, a unos entremeses y un pavo silenciosos, más una bandeja de dulces casi intacta; los chicos, a una huida veloz con sus novias; los villancicos, a música ambiental; y Jaime, a barbillabajo y bocaverna frente al televisor mucho antes de medianoche, mientras yo, igual de justa, me bebía el champán en la terraza descubriendo que es la más pésima bebida si no hay dos, dos por lo menos, cosa que ya sabía, y me dejó más justa de lo que estaba.

Luego, cuando lo acabé, por hacer algo, me fui a recoger a la cocina, y después, por no hacer nada, me fui directa al dormitorio para tomar el somnífero, meterme en la cama, y hasta otra, hasta otra Nochemediocre más. Pero cuando saqué la píldora, cuando la vi deslizarse en mi mano rularrodando arribabajo con la antipromesa de un sueño que no iba a ser esperanza, ni fatiga ni deseo cumplido sino química envasada por una máquina, recetada por una bata, y con la virtud única de hacerme dormir ocho horas seguidas, viéndola allí, noté un empuje que me barrió la justeza, y, sin dejar que alcanzara el cruce de la vida-muerte, volví a guardarla, y me vestí dispuesta a salir. Yo estaba asombrada de esta decisión, como si no fuera yo la que se vistiera, pero el asombro de Jaime había que verlo; pero ¿dónde vas?, me preguntó con disgusto al acercarme y decirle que me iba; no sé, a pasear, a oír, a oler no sé qué, lo que sea, pensé, todo, le dije, porque era verdad, y, con una excitación rara, me fui.

Hacía frío, y en la ciudad se respiraba el mismo ambiente de los últimos años. Misma pobreza de ánimo de abundancia, misma quincallería universal navideña, Papá Noel Wasp desplazando año tras año a los mestizos Reyes Magos, mismos gamberros cargados del mismo espumoso peleón, mismo aire, que hasta hace poco fue traslúcido, lleno de los mismos miasmas, por todas partes la misma mismidad conocida, pero yo, sin hacer caso, me fui por lo oscuro hasta donde huecos y relieves aún guardan algo de misterio bajo las pocas luces blancas que aún se ven, las tres o cuatro, y así, recogida en las sombras, llegué a la catedral. En parte, por los focos naranjamarillentos que le han puesto delante a la pobre y que pretenden ser modernos pero sólo parecen de lluvia ácida, y en parte, porque de ella salía un rumor de voces e instrumentos irresistible, me acerqué y, después de escuchar unos segundos, me decidí a entrar.

Empujé, y la puerta se abrió entre crujisaludos. Miré, y en un aire lleno de calor, aparecieron las luces de la fiesta y el olor a estrella de oriente. Escuché, y unas voces que eran las de El Mesías me convidaron, yo les dije, sí, gracias, de verdad sois irresistibles, y eché a andar. Por la alfombra, yo era puro sigilo hasta llegar a un banco de los de delante sin problemas, con sólo alguna familia y unos cuantos viejos alrededor, y en el banco, yo era pura y abierta disponibilidad. Pero sentada en él,

–¡qué sueño!,

sentada allí, en el sillón, tenía que desperezarse y bostezar para poder seguir, página doscientas,

allí quieta, y a pesar de que hace mucho que no creo en Más Allás, como sí en más acás, el conjunto de olores, destellos y sonidos de ese espectáculo pleno con su derroche de oro, plata, incienso, pinturas, telas, bordados, vino, pan, música, recitativos, canto, esculturas, fábula, historia, y una lengua que suena cada vez más a dioses,

–tu-tui-tibi-te-tu-te,

sintiendo allí que todo se elevaba hacia donde más podía, se me urdió un entrecruce, que me hizo verme allí de siete años con los míos, verlos a ellos, recordar otros recintos con dalmáticas de paja o plumas y con ofrendas de sangre no transubstanciada, y cuando estaba comulgando con Baudelaire en lo que sintió al descubrir Tannhäuser, inmensidad desnuda, voluptuosidad extrema de los altos lugares, tenebrosa y profunda ingravidez, intensidad de una amplia luz difusa en ardor y blancura, apogeo del saber por encima del mundo aunque en el mundo, cuando trataba de sentir eso, más que en unidad, en simultaneidad de artes, recuperé a tío Patricio y tío Vicente, uno médico y el otro confitero, los dos vestidos y perfumados para ese Oficio como para una ópera, y con ellos recuperé otra simultaneidad igual de artística. La que nos enseñaron de pequeños hecha de reglas y tolerancia, por la que si ésta, la tolerancia, tenía que estar en guardia siempre, ¡Y siempre, porque la barbarie es infinita y si te vuelves muy dulce se te comen las moscas!, nos decía tío Vicente sonriendo, las otras, las reglas, y contra nuestro rechazo infantil de, ¡reglas, aj!, no sólo eran imprescindibles, ¡Lo son hasta para el parchís!, nos decía tío Patricio también sonriendo, pues no sólo hasta para el parchís, sino que algunas eran base y garantía de libertad, las que llamaba esenciales, quién nos lo iba a decir.

Y cuando sonaron las primeras notas del for unto us a child is born que,

–¡aquí estás, bandido!,

cuando sonaron, las dejó con todo respeto, sí, que eran de Händel, pero también con toda decisión.

Y lo hizo así, apartando de golpe los ojos, porque el justamente endriago y el justamente calamar había hecho acto de presencia con su manchón a través del que aún intentaban agarrarla sus tentáculos, justamente diez, y no iba a retrasar la búsqueda del sustituto ni un segundo, porque, si se había dejado arrastrar por la manía, no más lecturas, puesta a manía, maniática del todo, qué diablos.

¡Excelente!, le oyó entonces al diablito, que se creyó aludido, y aprovechaba la ocasión feliz. ¡Excelente es ese empeño tuyo inmediato!, pero antes piensa si con tanto bostezo y tanto desperezo no te convendría hoy probar eso, la inmediatez, atreverte libre de hormas y formas, aj, a ver qué pasa, y total, ¿qué arriesgas?, nada, ¡y negligentia diligens, recuerda!, eso le oyó. Y, desde luego, el diablito sabía cómo entrarle, ¡espontaneidad estudiada! Lo sabía muy bien. Y, desde luego, lo que decía era cierto, exceptuando los minutos que empleara en atreverse, nada arriesgaba. Por qué no probar. Al fin, todo puede servirme, ¿no?, pues ¡qué diablos!

Bien. Lo primero que le vino espontáneo fue concretamente. Y en seguida, exactamente. Y a continuación, precisamente, los tres con Bernardo montado en la cola de la concreción, exactitud y precisión respectivas, por lo que, muy cansada, despachó al diablito de una sacudida enérgica de cabeza, y, desistiendo, no ya de ese empeño, sino de ayudasutilizar cualquier frase, decidió llevar al bloque al menos algo útil, o algo que tuviera algún fruto. Y no tenía que pensarlo, sabía qué. La prohibición que había pensado hacía meses, pero nunca terminada de decidir, ése era el momento. Se incorporó sin esperar, y se juró que, desde ese día, siete de noviembre, desde hoy, los mentes quedan prohibidos sin excepciones en este bloque y en los liberties, ni uno más, es más, todos los que encuentre al releer, los quitaré; ya está.

El Decreto ya estaba. Los adverbios esos que, más que de modo, le parecían de nasal afectación, absolutamennte, perfectamennnte, automáticamennnnte, y así sucesivamennnnnte, todos esos adverbios, quedaban abolidos, fuera, anulados, suprimidos, emborronados, tachados todos, fuera. Y eso era un gusto. Sólo que el justamente-calamar seguía ahí delante sin sustituto que llevarse a la tinta, y eso era un fastidio. Pero, claro, el cansancio estaba allí también, y lo más cuerdo era devolver inconcretamente las hojas al bloque y el bloque a la carpeta, sacar de ella lo menos exactamennte posible el cuadernito de dibujo sinuoso en sus tapas, dibujo siena, verde y azul, y, antes de abrirlo, darse muy imprecisamennnte otro chapuzón doradozul, que es lo que iba a hacer.

Darme uno, pero en medio vaso sólo, y nada más, que hoy es sábado y puedo acostarme tarde, sí, pero la cabeza siempre muy bien encabezada, y me acuerdo de lo que apunté aquella noche al volver chispa de una cena con los amigos pensando que era algo estupendo, algo que aclararía un capítulo, y al leerlo al día siguiente, vaya claridad, y tanta, como que le llevó lejía, no había quien lo entendiera, un chasco, me acuerdo perfectamente, ¡aunque, no, perfectamente no, me acuerdo muy bien!, ¡caray, casi se me cuela! Hasta en eso había que estar con cien ojos, Argos-María. Por eso, ante las botellas, medio vasito, y nada más.

Matalahúva, qué bien hueles; matafalúa, te llamaba la abuela, qué bien huelesabes en los dos nombres, en los dos el mismo oxígeno, en los dos la misma abierta incomodidad; y luego, qué cosa, ¿eh? Luego es que, la miraba, y le seguía asombrando que toda esa transparencia mantuviera siempre vivo el doradoazul, siempre cinco sentidos. ¡Y luego, qué cosa, ¿eh?! Porque luego es que, se sumergía, y era de no poder creerse que toda esa transparencia se le cargara de golpe y porrazo con el repertorio blanconegro queriendo entrar furioso, un padre lívido, polbarro, inundaciones, sequías, granizos, un niño tullido, más polbarro, ventiscas, heladas, alaridos de cerdos, perros con mirada de moscas, polbarro y más polbarro, todos pugnando furiosos por entrar mientras ella pugnaba igual de furiosa por que no lo hicieran,

–tu-tui-tibi-te-tu-te, oh felici occhi miei,

ella lograba al fin que no lo hicieran en un esfuerzo tan costoso como escurridizo, y tan escurridizo, que, de golpe, adiós, ya no estaba, ido, huido, desaparecido, irrecuperable.

Es que la condición que me he puesto, claro, es más un deseo que una posibilidad real, ya, por eso me la sigo poniendo, pero el presente, parece que no quiera ser vivido, sentido, cuanto más lo quieres, menos está;

¡Y tanto!, como que nunca está, presente siempre ausente, ésa es su condición, aunque por eso mismo..., bebió un sorbo, Que por esa misma condición sea él lo que aquí más duela, lo que más se eche en falta... no te hablo de volver a la tierra a quedarme cosido a ella de nuevo, eso no, pero si supieras lo que daría por reposar en un lecho de leche, o por hacer dulzura de un dulce, o por oler una flor florida un instante y aunque fuera con todo su repertorio blanconegro, si supieras... porque los de acá somos recuerdo sólo, recuerdo sutil que nos va sutilizando hasta la letra, y ser sólo eso, letra, sólo papel...; pero don Baltasar, qué letra, y qué papel; sí, comprendo que sentir, allí aún será más maravilloso, pero qué letra la tuya; y estoy pensando que, ¿y si pruebas ahora conmigo?, quién sabe, ¿no?, a lo mejor.

Si probaba con ella un sorbo corto pero intenso y bien paladeado, y si lo churrupeaba, y después lo trasminaba en red de conductos, desde el doradoazul suyo particular, hasta una esencia sin color pero con saborolor a flor de campo, y a fiesta, y a condimento de guisos, panes y dulces, si lo hacía a lo Humboldt y a lo Malaspina y Díaz del Castillo, quién sabía, ¿no?, a lo mejor. Además, a ti te pueden sentir siempre, y eso debe compensar, que hay mucha gente hablándote y leyéndote urbitorbi, gente sencilla la mayoría, pero también muchos expertos, y muchos profesores, y muchos...; Alto, no sigas, que el mundo abunda en profesores malos conversadores, y en expertos que son lectores tuertos; bueno, puede abundar, pero lo que te digo es que hay mucha gente como yo, que ni enseña ni es experta en nada, y puede sentirte donde va, eso es todo; Pues ea, no hagas más estación en mí, que te está aguardando el diario, y ya es hora.

Hora de su diario, el liberty, dos y media de la mañana. Hora del cuaderno donde apuntaba cosas por las noches, uno por año como dijo, y desde hacía casi seis, todos con sus lomos negros y lustrosos de animal que urgían a caricias, con sus tapas en las que dibujos liberty se desplegaban como pensamientos, según pensó al escogerlos en la papelería, son como pensamientos que se pueden resolver en dibujos tan bien acabados como el de éste, el del sienaverdeazul que ya estaba poniendo en la mesa, y todos con esa liviandad quizá excesiva, pero que a ella le exigía condensación, y me enseña, más de uno al año, no, no paso.

Abrió el cuaderno, tomó el bolígrafo, y, antes de buscar la fecha, un momento, algo pasaba, algo no iba bien. Hacía ya un rato que en el cuarto no se oía más que un espesor desamparado de sonidos, sólo algún crujido que otro en algún rincón apartado de la casa, y ahora se daba cuenta de que era Ortiz que no estaba, de que debía de haberse marchado a su modo elegante y especular sin que ella lo apreciara ni lo notara siquiera, sorda yo, con lo cual, más presente ausente, para variar. Aunque es verdad que un silencio así es lo de Rinconeda de lo despejado en lo que surge lo granado, en este caso los palacios, y en este caso el de Mompou, al que un silencio así le va a servir de antesala maravillosa, con su fachada tan bella que ya atrae, Música callada, y con su acceso tan fácil que, nada más cruzarlo, ya se andará él escondiendo, y hará bien, muy bien, tan harto como debe de estar de que si su exquisito sentido del folclor y de que si pertenece a tal ismo o a tal otro, ismos DNI, tan reharto; y, claro, un poco de silencio, eso ya... un poco de paciencia humilde para un piano que, como en este corte, suena a pájaro y pide tejer lento y delicado su nido, eso no es que sea menos cómodo, eso es que ya es una hazaña fuera del cubil, como pensar lo que te han dicho que no pienses, o viajar sin guía, o acostumbrarse a cerner, a cerner para afinar, que quien más cierne, más afina. Eso decía su abuela, y a su abuela, sí, a ella la dejaba entrar. Tenía su motivo.

A ti sí, abuela, porque quiero pedirte una cosa; quiero que me cuentes cómo, cuando cumpliste veinte, y después de probar varios años seguidos, te inventaste un perfume tan oloroso, que hasta recibió nombre, y nombre con poderes para mí, nombre con magia, y te lo quiero pedir, porque no es polbarro sino cinco sentidos, es bloque, y a lo mejor, libro, abuela, fíjate, ése es mi motivo; así que, anda, entra; siéntate en tu sillamecedora, arréglate con ceremonia la falda igual que si levantaras un telón, pliegue a pliegue, como una promesa, y cuenta, cuéntanos.

Que les contara a su hermana y a ella cómo, cuando cumplió veinte años, se mandó hacer olor en una botica de la ciudad llena de tarros con esencias de Todas las partes del Mundo y Más, que así ponía en un letrero encima, Esencias de Todas las partes del Mundo y Más, pues cómo en esa botica en la que ella se mandaba hacer olor en cada cumpleaños desde los quince eligiendo esencias a voluntad, costumbre de familia, cómo ese año se sacó uno de alholva, nardo, azucena, jazmín, algalia, violeta, ámbar y un suspiro de nuez moscada con su bis recia y su bis dulce, que le salió tan oloroso, que el boticario dijo que había que llamarlo, Dijo que había que ponerle nombre, ¿y sabéis cómo lo llamó?, anajaván, así, a-na-ja-ván, y ahora, hala, a ver si me decís por qué; y nosotras, nada, que ni idea; ¿Ah no?, ¡pues por las esencias!, por las primeras letras de sus nombres leídas de arriba abajo, ¿es que no lo véis?; y nosotras, nada, que tampoco lo vemos; Bueno, no importa, traedme un lápiz y un papel, que os lo voy a enseñar; y cuando se lo llevamos, cuando lo escribe y nos lo deletrea, entonces, sí, claro, cómo no, clarísimo, pero ¡es que además a mí me parece magia!, con la puerta de cada habitación, abrías la casa, su honda esencia; por ejemplo, el vecino aquel pesado y antipático del que padre decía que era hueco de sesera y sólo tenía extremidades, tronco y cabeza, eso decía, resulta que era un excatrón; el maldito potaje de patatas, garbanzos y chorizo que comíamos tan a menudo y que yo odiaba, resulta que era un pagarcho; el cuarto gris, decrépito y con olor a rancio en el que tuve que dormir la noche que en la urbendriago llegué tarde a la Residencia y ya estaba cerrada, resulto ser una gridera; y tantas cosas así, fealdez la última.

Desde que aprendió ese juego y quedó tan fascinada, empezó a practicarlo con todo lo que se le pusiera delante, con letras o con sílabas, daba igual, pero con todo bajo ese nombre, anajaván, esencia de palabras, y ni siquiera ver después que en los pasatiempos de las revistas llamaban a eso acróstico lo cambió, porque para ella, anajaván, siempre anajaván. Para mí, para Jimena, y también para Fina, que a Fina le he regalado ese juego, y aunque no lo llama anajaván, que eso es nuestro, abuela, lo practica mucho, por eso te dije que ya es bloque; ah, y a ti, don Baltasar, también te gustó, al menos me pareció verte más sonriente que en el único retrato que te conozco, ese soso a más no poder y una pena de retrato, lo siento, una decepción; ¿Cuál?, no será el del Colegio de Calatayud; sí, ése es, y ya te digo que no conozco otro; ¿El de Calatayud?, ¡de ese retrato quítame ya y no me des más por su modelo, házme el favor!, que en él parezco un diptongo de me siento/no me siento, con brazos de pavón y boca y ojos de cordero de mal retablo, y así tampoco fui, te lo aseguro.

Así tampoco fue, ni ella lo imaginaba nunca así, que siempre lo veía como García de Marlones, que es como se firmaba en cifra, y como Gracián y Morales, que es como te firmas descifrado, siempre te veo los dos y nunca nunca así, así que, nada, no te preocupes; Sí, pues ¿sabes quién tuvo mucha fortuna en esto de los retratos?, don Luis de Góngora, ¡qué pintura la suya!; ah, claro, porque es de Velázquez, y así no vale; Él fue muy afortunado, mientras que yo, al mío, ni FLECHA le quiere robar mi nombre, ni los hombres lo queréis olvidar, ¡una desgracia!; bueno, eso sí, ¿ves?, eso de que te pinte un pintor malo tiene que ser una desgracia, una verdadera maldición, porque El Tiempo no puede pintar bien, que El Tiempo también pinta, como dice tu paisano Goya, y entonces te conviertes en una mediocridad, en peor que nada; que aquí siempre gana la letra, y más la de la novela, la novela, con autor malo y todo, siempre te deja pintar algo a tu aire, a tu gusto; En efecto, ad líbitum; pues sí, mira, ad líbitum, así suena regio. Así sonaba imperial, aunque viera que lo que debía ganar en ella no era el sonido sino otra vez la letra, la de su diario, al que, por cierto, el día anterior le había ahorrado tantas cosas, que, en rotundo mentís a las ajaspajas antes achacadas por él, merecía felicitación, celebración.

Porque le ahorré las opciones con las que estuve lidiando antes de la cecina, fósiles vegetales fue una, y también, frituras del año como delicadas almojábanas, hojuelas o melindres de noviembre, ésa fue otra, y también, jóvenes marchitadas por viejos como Olalla, la Olalla del pueblo que se casó casi adolescente con el reviejo y ricachón don Cosme al que engañaba sin empacho quizá para no acabar ella igual, revieja, todas se las ahorré para quedarme con la cecina, y eso a ver qué es sino ojo y cernimiento, luego dirás; ah, y no es todo, también le ahorré a Bernardo Justamente Torquechuscada diciéndonos Que teníamos Que Trabajar Muy Ardúo Para Ganar A Toda Uropa, así, como suena, Ardúo y Uropa; y a los clientes del Green y de la Piscina Caribeña, que lo dijeron así, en mayúscula, y valía la pena apuntarlo; y luego, ya; creo que ya no había nada más, bueno, y aunque lo hubiera, que es tarde, casi las tres.

Pero sí, había algo más. Y aunque fueran casi las tres y no lo quisiera recordar, lo recordaba para su mala suerte.

Y fue que, cuando estaba ella en la barra de don Chus a la espera de un café cargado con la tranquilidad de que Esperanza, la veterana en DOMUS, atendía sus llamadas, cuando estaba oyendo a don Chus relatar cómo se había librado treinta y seis años de la Fiel Espada Bárbara Trriunfadora en el esfuerzo de ingenio que ya le conocía pero que siempre le escuchaba con respeto porque sólo desde hacía unos años podía contar el hombre, Porque en la guerra, el que pierde, es que pierde de verdad, y si es guerra entre hermanos, más, nos dijo con la música del pasodoble y en un tono triste pero limpio de rencor que le admiré; bien, pues cuando estaba ella ahí tan interesada, de repente notó detrás, pim, pim, dos golpecitos, y al volverse, vio esa sonrisa de una línea enjuta sólo, sonrisa que conocía demasiado bien, oyó ese tonillo, ¿Qué tal estás, renegada?, y allí entero, enfrente, vio a Julio,

–es verdad, lo vi.

Se lo hubiera querido ahorrar, pero ahí lo vio, es más, ahí lo veía de nuevo. Su ánimo se le volvió espinazo en punta, y su atención se le quedó, igual que en don Chus, hecha desbarate.

En un intento de recomponer ambos, dobló hacia atrás el espinazo para ablandarlo un poco, a ver, o para ver si domaba alguna de sus puntas en la hechura y proporción del cuarto, y no, de los bodegones, y no, de las lámparas de papel delicado, una, dos, tres, y tampoco, pues de la mesa-escritorio, rendida ya,

–nada,

sin soportar ya el nulo éxito de su intento, con la

mesa empeñándose en reproducirle aquel tonillo que, en el fondo, no escondía más que engolamiento y pretensión, y con la esquina mellada intentando repetirle aquellas conquistas de él en el Partido, en el que ya ostentaba un cargo, y uno de futura dirección nacional como él se encargó de señalarle, o De Futura Dirección Nacional, como él se encargó de recalcarme, así, en endriago; Sí, en endriago, pero vamos a ver, ese partido que ahora llamas Partido, ¿no es también el tuyo?; sí, aún lo es, aún tengo el carné, mea culpa, pero no sabes cuánto me alegro de que me lo recuerdes, no sabes, porque el lunes, sin esperar más, me paso por su oficina y, ¡paso, ahí os lo dejo!; porque lo que fue resistencia imaginadora en la Barbarie, se está reconvirtiendo en endriago-Partido con Guía Mayor, guías menores, y unas mañas de agencia touroperator, que no son ni más ni menos que las de él, Pero María, ¿Cómo Rechazaste El Cargo?, no son ni más ni menos que modelo de las de él, ¿Pero Cómo Eres Tan Poco Constructiva Ahora, En Esta Coyuntura?, no son ni más ni menos que modelo y catecismo de las de él, Pero ¿Cómo No Participas Cuando Estamos Creciendo De Forma Tan Espectacular? No eran ni más ni menos que modelo, catecismo y plana mayor de las de él, su ventrílocuo, y el altavoz de unas conquistas que en su boca sonaban a un puré del que sólo quería huir, queriendo también huir del tono donjuanesco que las enumeraba, y que podría ser de Futura Proyección Nacional, podrá serlo, no lo discuto, pero para mí, de presente bien romo, bien poco apetecible, y además me traen mi error, y ¡zas!, las Siete Cosas.

El gran horror de la entrega de su cuerpo al que lo poseyó con la cabeza, y, baba, y frío viscoso, y pozo enfangado, y lamedal blancuzco, y pérdida sin ninguna suma, y soledad asoladora es lo que fue,

–oh felici occhi miei, tu-tui-tibi-te-tu-te, ojalá wa-sa Allah Juan conde don Julián,

y con él, lo que había empezado en pausa celebrativa, se estaba convirtiendo en lastre, un lastre penoso, y, en fin, era sábado, y quería descansar, y ya está bien, fuera blanconegros, Julio también prohibido, fuera; aunque me llamaste Renegada, ¿verdad?, pues antes de irte, espera, sólo un segundo; porque antes, yo a ti, Julio diptongo de la vida, y Julio Estomeconviene los pares Julio Estonomeconviene los impares, y Julio ladino, y constructivo tan Constructivo que ya eres una momia, yo te digo que cuando llegues a Gran Grumo de Proyección Nacional, enhorabuena, así te vas a la urbendriago, y don Chus libre; y ahora sí, ahora ya puedes irte.

Ahora, después de recordar lo que en realidad le contestó, ¿que cómo?, pues comiendo, y se comió una pasta de las que daba don Chus con el café, es verdad, eso hice, ahora, después de recordar lo que le respondía su madre cuando ya era incapaz de soportar sus preguntas de niña, ¿y cómo esto, y cómo lo otro, y cómo lo de más allá?, ¿que cómo?, ¡pues comiendo, pesada!, ahora, con su enhorabuena había conseguido tranquilidad, ingenua, de acuerdo, infantil, pero tranquilidad, por eso, el liberty; No, aguarda un momento, aguarda, porque antes me pareció que lo llamabas ladino, pero no sé si oí bien, dime, ¿se lo llamaste?;

pues hombre, ladino lo que se dice ladino... bueno, sí, se lo llamé, ya está, pero tampoco es para tanto; ¡Hola!, ¿tampoco?, ¿y qué ladino es ése si puede saberse?, a mí no me pareció el políglota cultivado sino el bárbaro ruin, y si voy a tener que ladearme ahora también contigo en tu cuarto de serestar por mi posible origen de converso tras más de tres tristes siglos...

–¡guas!

Si lo iba a tener que hacer, cuatro dedos cruzados. Pero no. Era el Repertorio Imperial, que se le había escapado sin querer. Es uno de esos pedruscones que se me escapan a la primera por la primera rendija de inconsciencia, y que retiro ya, mira, retirado, por más que sepa que muy pronto pueda estar retirando otro igual o peor y que así voy a tener que estar toda la vida como Sísifo, un asco, pero retirado está, y perdóname; y ahora, ¿qué?, ¿qué quieres tú con ese asco de ahí, asco de cara redonda reflejada ahí en la noche del televisor?, tú no pides perdón ni retiras nunca una mondez ni crudez ni redondez de tu campo raso liso mondo y lirondo, no lo haces, siempre presente-presente, ni siquiera huyendo de espejos puedo evitarte; Frida Kahlo te llamó un día Manuel al verte así, tan cerrada, ¡Sal de ahí, Frida Kahlo!, te dijo riendo, y, ¿sabes?, más quisieras, ojalá wa-sa Allah, pero no te hagas ilusiones, porque Frida tenía unos relieves preciosos, y tú, mírate, tú estropeas la cosa; en fin, campo libre.

Un campo sin pedruscos, en el que no tener la impresión de ser una bestia de carga, eso buscaba. Olvidarse de pasados que estarían mejor no pasados y que maldito si los quería cargar: Repertorio Imperial, Julio, barbilla abajo, boca en caverna, todo el magma blanconegro que, a veces, sentía paralizarla con su lastre. Ladino, fíjate, ¿qué te parece?, y si no es ladino, será otra cosa, hay un buen surtido; y si no es un pedruscón, será un recuerdo que se me acabará por desteñir en una neblina que quizá les sirva a los psicos como escarbadero, pero a mí, lo que es por mí, para ellos, que recuerden ellos; Haces mal, volver a tus recuerdos es muy preciso para que no te topen luego a ti; sí, pues no sé, ¿y si soy yo la que les topo a ellos, eh?; y reconocerlos, siempre lo hago, a todos, qué si no, y a muchos, hasta los prohíjo, a doña Lola, a la abuela... y si quiero que los pedruscones se queden donde están, en sus laberintos, como piezas a las que levantar caza cuando quiera o las pueda cobrar a cara descubierta y con un soportable dolor, es sólo por no regodearme en lo feo, y eso a fin de cuentas no es más que la prudencia y el sano juicio que tú tanto alabas; que aun así, prudente, sana y juiciosa, me traigo uno ligero de los que creo que me ama porque yo lo amo, de los que creo que me van a ayudar a volar, y cuando estoy en él a gusto, con un salto de sapo venenoso, vuela otro por detrás que es pedruscón y andaba merodeando invisible, se le echa encima, y me pone la corona de lágrimas y de espinas y clavos que no quiero, y que trato de evitar; Ah sí, todos somos crucifixión; bueno, quizá, pero yo no quiero re-clavarme y re-clavarme, ¿sabes?; Ah, pero es que también somos descendimiento, y a éste es al que debemos aplicarnos para resucitar; bueno, pues también quizá, pero por eso le regalo a Fina todo el lastre que puedo y ella admite, para que sea una cruz de la que pueda descender-resucitar ad líbitum, y yo con ella, claro, yo un poquito cada vez, estaría bueno; ¡Y tan bueno que está!, como que es buena traza eso de aliviárselos haciéndose su instructor, es traza de escritora; ¿haciéndose su instructor?, qué feo, no me gusta; Ah, ¿y qué crees tú que somos los escritores?, ¿qué, sino veedores, instructores, notarios, oidores y relatores de y para la memoria, eh?; de acuerdo, lo sois, pero no como funcionarios; ¿No?, recuerda lo que dijiste sobre las correcciones y el trabajo en DOMUS, y recuerda la vida que pasé yo juzgando cargos y descargos y apuntándolos en papel con tinta y con plumica, ¿qué me dices de esto, eh?; que sí, que así la pasaste, pero como funcionario, yo no te veo a ti de burócrata ni un pelo; Ay, hija, pues al final, todos acabamos así, en letras y números, ya sea de pliegos, o de oficios, pergaminos, billetes, libros, o cuadernos como ese que tienes ahí de par en par, y que, ahí lo tienes, no es otra cosa que recuerdo, piénsalo.

Pasado puro, inmediato, sí, pero pasado, aunque, con toda humildad, registrado, no como funcionaria, sino al revés, para no serlo.

En todo caso, pasado que debía registrar ya, y con prisa que, hermano, ya era muerte, y no lo dudaba, pero que haría posible tener tiempo luego antes de dormir para el vicio oriental de su amigo manual nocturno,

Anton Simonsen. Amigo que era vicio, era oriental y era golosina.

Tomó el bolígrafo, y mínimo espacio en blanco.

Once de noviembre; Hoy, hasta las siete, cemento. Luego, en la calle, las ruinas del claustro como un misterioso Friedrich. Luego, el anochecer de la urbendriago, como el de los Cocos, Brujas y demás Papones de la niñez sólo que sin niñez y en rutina adulta. Luego,

luego, ¿qué?, nada, no se me ocurre nada más.

A ella no, pero a sus ojos, sí. Con un dolor de agujas candentes, se negaban a seguir exigiendo alivio, un refresco, y éste no podía venir más que de la oriental golosina y su proximidad, Anton Simonsen. Un amigo que es golosina porque no exige buscar sino al contrario, te regala encuentros; es vicio porque, de pequeñas, madre no dejaba que saliera ninguna luz de nuestra habitación más de unos minutos después de acostarnos, el tope era de un cuarto de hora, y a partir de ahí, tinieblas, ni un flaco resplandor, y como privación de niñez vicio perpetuo es según ella, según madre, lo cual no deja de tener su gracia, desde entonces, leer en la cama de noche es para nosotras eso, un vicio de sultana que practicamos con verdadera pasión, yo la primera; y luego, es oriental, porque, también de pequeñas, vimos una película con una star que en algún sitio de oriente leía toda voluptuosa en una cama de sedas mientras comía unos dulces maravillosos, cuernos de gacela, lirios del desierto, algo así debía de ser, y ese lujo pasó a eso, a oriental, y parecido a aquel otro de tumbarse en una playa color perla con un libro y palmeras susurrantes sin escuela ni deberes que habíamos visto en otra película, y que si no pasaba allí, en oriente, para nosotras, sí, oriental; así que, vicio, oriental y golosina, todo.

Entonces, Anton Simonsen, de Undset. Un título del que ya nadie hablaba, o ella no oía a nadie, un título reo de FLECHA de esos que llaman menores, y que a mí me atrae porque me trae a todos los Antones del mundo; a los Simonsen, claro, a uno como Bruckner, no, pero a los que debemos tener en cada familia, sí, y si lo busco ahora en la mía, le saco provecho al lastre y me distraigo, me refresco.

Empezó a buscar, ¡y padre!,

–padre, pero ¿qué haces tú aquí?

Y, al tiempo escaso de empezar, una imagen persistente e inmóvil ante su abrir de ojos y ante su abrirlos-cerrarlos incómodo se le presentó para quedarse, perpleja ella de ver a quien menos había previsto ver y menos quería, incrédula de que llegara así, en un alba sin refresco ni alivio sino lo contrario, envuelta en dolor, y por eso no quiero que te quedes ahora, padre, y perdona, pero ahora no, no quiero, y vete por favor; porque en este amanecer en que te apareces, cuando entro en tu habitación y te veo lívido en tu cama frente al día a punto de salir, tu expresión de ausencia y tu falta de proyecto más desproyectada y más falta que nunca, quizá te hagan un Anton, pero no uno Simonsen, uno en blanconegro.

Uno hacia el que, sin embargo, Undset empezó a aproximarla a destellos de claridad y tomándole una mano sin roces, veo tu cara, uno hacia el que empezó a llevarla para que viera en su estupor de muerte, carne con poros, manos con venas, frente sin boina, barbilla y boca sin anisado pero dóciles aún bajo el pañuelo de hierbas que le ataron su hermana y su madre sin entender ella, apoyada en una pared, cómo se había podido ir tan lejos en tan poco, y uno hacia el que, sintiéndolo ya en calor-color, puso,

Luego, ahora en casa, he visto vivo a padre muerto. Y lo pongo, porque nunca he podido soportar su visión. Pero ahora, estaba pensando en el Anton Simonsen de Undset que tengo a punto de acabar, y éste me lo ha traído como cuando Jimena y yo atendíamos a sus explicaciones del Libro Ilustrado con Las Mil y Una Maravillas del Mundo, las dos en nuestras sillitas de anea, él en su sillón de padre, Antonpadre,

ella, bostezando con ganas irresistibles de acabar, y punto. El diario cerrado, el cañón vacío.

Pues ya está, a la cama y sin despertador, que es lo bueno; aguanto lo justo para acabar; para los últimos hábitos, que, menos mal, no cuestan, son rutinas más que hábitos.

Eran: Guardar diario, bolígrafo y casetes. Dejar para el día siguiente cuando volviera del pueblo la cartera azul Purísima con su razón social en negro DOMUS, SOCIEDAD ANÓNIMA y sus presupuestos a revisar. Salir al baño a cepillar dientes y pelo, éste de sienes a frente y de frente a coronilla. Perfumarse con su agua de rosas, que ojalá fueran las de Alejandría de las cuatro estaciones del Libro Ilustrado con las Mil y Una Maravillas del Mundo que acababa de recordar, rosas del Nilo ardientes bajo pirámides de arena y cielo lapislázuli. Y, por último, orinar y ponerse el pijama de franela nada sexy pero sí muy abrigador, para apagar luces, ir al dormitorio, y, buenas noches a todos incluido él, Anton, porque esa noche, a la vista estaba, no podía ni con él, lo siento, sólo dormir. Ése era su propósito.

Pero nada más entrar,

–¡la luna!,

nada más cerrar la puerta del dormitorio, ¿quién podía resistir el ancho y pálido reflejo tiñendo el negro tatami hasta parecer ópalo, y el rojo y naranja seguros de la colcha hasta los de un Rothko enigmático, y luego, en subida marfil por las mesillas blancas, haciendo que en el icono de la pared, su severidad de concepción prestara un equilibrio aún más perfecto a la sensual atmósfera de sus dorados en justa correspondencia con el de su música, con el de la gran música ortodoxa donde la voz obstinada del bajo sostenía a los melismas flexibles hasta la apoteosis, quién podía, eh? Nadie, nadie, a pesar de su modorra y sus traspiés. Como tampoco nadie podía dejar de abrir la ventana, y en el cobaltonegro infinito sobre su cabeza, dejar de saludar a Dubhe, Fekda, Mérak, Alioth, Mizar y Benetnasch, la plañidera del cortejo, brillando como cuando levantó los ojos desde la cuna, y con Alcor, pequeño caballero de Mizar, invisible pero ahí siempre, Alcor, elevación, colina o collado al que en tiempos se trepaban vistas para medir sus agudezas, ¿alguien hubiera podido no saludarlos, eh? Nadie. Es decir, quizá algunos, pero en su lugar, no.

¿Y qué hora es? En la mesilla veía las tres y media, pero lo dudaba, es muy tarde, no creo, a ver; ah, pues sí, lo miró en su reloj, y las tres y media en punto, qué mal, qué mal llevo esto de gastar tanto tiempo en tan poco, ¡más de tres horas!, es injusto; Ah, el Tiempo, siempre el Tiempo, esqueleto del prado, fantasma de las flores... a fuerza de estar siempre en lucha con él, lo que hacemos es darle salud y eternidad viva, ¡y qué gran cosa sería no oír sus horas ni sentir su FLECHA! Gran cosa, sí. Tan grande, que ella iba a reposar con la firme convicción de vencerlo, aunque para eso tuviera que emplear otros seis. En el arte, seis años, ¿qué eran? Ahora voy bien, lo sé; ¡y qué frías!

Eran las sábanas. Las sábanas, que empezaban a estar algo frías en ese mes, y había que frotarlas y recogerse luego en ellas con un rosco puercoespín, manta y colcha muy bien pegadas, para que, en seguida, empezaran a repartir calor.

Y con él, ahora sí, era el momento de las buenas noches a los amigos que poblaban su estrado íntimo urbi-torbi incluido él, Anton, y empezando, como siempre, por él, Gracián. Don Baltasar, te deseo el gustito rico que me está entrando, adiós, hasta mañana; Eh, eh, no me despidas tan voluntariosa, que quizá nos volvamos a hablar ahora en sueños; es verdad, en sueños, entonces, buenas noches sólo, y buenas noches a tus criaturas Andrenio y Critilo, y al Hai de tu anterior Thofail, y a ti, Manuel, y a todos los amigos manuales con Juan conde don Julián entre los últimos, y a Arkadelt, y a Ortiz, y a Rinconeda, y a Mompou, y al Antonpadre y al Anton Simonsen, ah, y a ti también, búho.

Al búho también, cómo no. Al que vibraba con ímpetu de estar en el viejo ciprés bajo la ventana, y cuya imagen,

–buenas noches Mirón, porque eres Mirón,

cuya imagen veía a menudo sin importarle no haberlo visto nunca, o dándole muy poco las noches que perdió sueño con la intención de captarlo en los prismáticos desde la retaguardia de la ventana y no atisbó más que una fugaz agitación de hojas y un repentino vuelo oscuro de poder, muy poco le daba, porque sabía de sobra cómo era, y más, sabía quién era. El que les llevó su padre una noche de invierno desde la nieve de la sierra hecho un pollo alimustio, y el que bautizaron Mirón su hermana y ella por sus ojos desmesurado-giroscópicos y cuidaron hasta que estuvo sano y su padre acabó por convencerlas para que lo soltaran enseñándoles la libertad, La grandeza de darla cuando te duele, que curar no es obligar, eso les dijo, siempre tan considerado con animales, plantas, y, en general, con cualquier forma de vida, y siempre tan considerado en general aunque con la de madre en particular, no, un momento, con la de ella no lo fue, y eso está ahí, pedrusco, y, como ha venido, que entre, venga; con la de ella no, y el descuido que le reservó de silencios y tardanzas y ausencias y desplantes, y que preferimos absolver Jimena y yo con los años por el pudor que mostró madre siempre, madre y también la abuela, las dos tan pudorosas, ese descuido a mí no se me va y viene a re-clavarme noche sí noche no aprovechando lo que sea, hoy, el búho, ya lo has visto; Lo he visto, sí, y tú puedes oírlo de nuevo, que ahí lo tienes.

En otro ulular de turbiedades que intentaba traspasar a Fina en forma de esposopadre displicente, Jaime, y, sin embargo, con eso y con todo, ahí, pegado a su pecho con la querencia irreductible de la niñez, en una de las chinches, pulgas, ladillas o liendres que, según ella, formaba la niñez, o mejor, en la que toda ella es deformando para siempre, que eso es lo que es, y eso es lo que hace, deformar, y así es como debería llamarse, liendreniñez; y me gusta, mañana lo apunto así, liendreniñez; Bien está, pero antes piensa en la razón de esa fuerza, de esa capacidad; hombre, creo que no hace falta pensarlo mucho, la de ser lo primero; Así es, la de ser lo primero, y poseer los dones de la advertencia y de la novedad, que más tarde, al crecer, se obtienen con la privación, que ya es traza como sabes, estratagema, pero piensa otro poquico más, ¿esa fuerza le viene sólo de ahí, de ser lo primero?; ay, no sé, ya lo pensaré mañana; Pues no, no sólo de ahí, también de no tener morada, le viene de que, en lugar de ser parásito como dices, la niñez es muy viajera, y aliña todas las novedades con un perfume vagamundo y nómada, que es otro don, su otro gran don; ah no, de dones, nada, o bueno, este último viajero, sí, don es, pero los otros son más bien antidones que te atan a ella para siempre en eso, en liendreniñez, o sea, en rutina; Ca, en rutina, no, si acaso en rito.

Al suyo, al de su rosco puercoespín de cuatro años, aún le faltaban un par de vueltas para completarse. Un par; pero es un don tan clavos, cruz y espinas, que buenas noches tengas, Mirón, por los siglos de los siglos saeculorum, con el único amén de que te canses pronto de este patio, y te vayas a otro, así sea. Y aún le faltaba media, media vuelta, cuando otro ulular, y otro y otro ahuecabultando la noche empezaron a excavar el túnel, ¡y qué noche hace...!, empezaron a darle forma, ¡qué noche hace, sin viento, y suave...!, luego a darle embocadura, ¡sin viento, y suave, y sin nubes...!, y luego a darle hondura y desliz, hasta que, sin viento, y suave, y sin nubes, y como de otra ciudad o de otro continente,

–urbitorbi,

hasta que estuvo preparado y listo para llevarla a cualquier parte. Quién sabía. Lo mismo rumbo a DOMUS en negro sobre azul Purísima, que rumbo al pueblo, que hacia su lentitud con la novela bajo los ojos siempre alentadores de Gracián, y de ellos, al búho-todos los búhos Mirón sobre el ciprés que, entre las sombras, rehilaba un secreteo de selva, que lo mismo hacia su amor, para, quieto en él toda la noche, atizar el fuego que parecía estar ardiendo desde en su célula más primera hasta en la última, incendio negro, Oficio Tenebroso, y que era su real infierno, Ahrimán, sólo caligo.

II

Noviembre, atardeciendo

Al programa de datos de los empleados, que eran sus únicas biografías al ser lo único registrado o registrable de ellos, a ese programa, ella le pidió sin gana los suyos, incapaz, como siempre, de retener su número de personal, y en la pantalla azul Purísima que brillaba con un acrílico resplandor, aparecieron en casillas y letras negras, su nombre, Vega M., su origen, Natural de un pueblo muy pequeño muy cercano y ya no del Caudillo porque ya un barrio más de la ciudad, su sexo, F., su edad, cuarenta y uno en números, su número de personal, C-101, su estado, S., su destino, División Informática, su profesión, L. en L., un título que está perfecto así, L. en L., perfecto de lo inútil que me resultó cuando busqué otro empleo y me fue hasta perjudicial porque así son las cosas, así se lo parecieron mientras el cigarrillo que humeaba en una de sus manos se le iba apagando poco a poco y sus ojos bajaban hasta Particularidades para terminar allí su recorrido por esa razón social en negro que presidía el resplandor, DOMUS, SOCIEDAD ANÓNIMA, a la que sólo había acudido en busca del número de personal que alguien le había pedido, y que apuntó, y allí, al llegar a Particularidades, encontrar que hasta de funeral, o eso le parecieron, y el L. en L. hasta de luto, sí, de luto, porque no me ayudó a tratar con novela, poesía o ensayo y en cambio sí a aprender todo lo que maldita la falta me hacía aprender sobre alquileres intereses exclusivas compraventas cancelaciones plazos debe y haber y lo último en informática de solares e inmuebles en Cursos de Perfeccionamiento que uno tras otro sólo han perfeccionado desgana gris y en Diplomas que uno más otro podrían ir sin más a la basura, y todo eso no es más que L. en L., luto al cuadrado; desde mis primeros destinos y el cargo en Nuevas Vistas, con mi renuncia y el rebote por secciones cada vez más diseccionadas y puestos cada vez menos apostados, hasta mi aterrizaje en este de ahora, que es igual a los otros menos en el sueldo, que es menos, y en la distancia a casa, que es más, y en este despacho de este building nuevo que acaban de inaugurar en la parte baja, con luz de tubos de neón y otros quince empleados conmigo más música ergonómica La vie en rose que ahí se oye, al fondo del despacho se oía en el omnipresente hilo musical, La vie, un swing sin blues, y el rose, un violín gangoso, todo, de principio a fin, no es más que eso, gran luto al cuadrado; y el que mejor lo vio fue Bernardo.

Su ex jefe, Bernardo Justamente Torquechuscada, ex cura, ex bárbaro, ex miembro activo del Partido más conservador, y ahora Ilustrísimo Señor Concejal Redundante del ex partido suyo, ahora Partido, que un día le dijo, Qué Pena, Mari, y este pitillo se me va a apagar, en realidad ya se le había apagado, por lo que lo volvió a encender, Qué Pena, Mari, No Sabes Lo Que Perdistes Porque Veíamos En Ti Justamente Esa imagen Femenina Que Toda Empresa Precisa En El

Presente Aztual, Y Perdóname Esta Redundancia, eso me dijo en tono teatral de pésame y dándome un golpecito en el hombro ante el que me callé, ante el que no supo qué decir, qué iba a decir, me limité a mover la cabeza de arriba abajo dándole la razón, y permitiéndome añadir sólo, aunque siempre muda, que, sí, que era una Pena, pero lo que no sabía él es que esa Pena era de fantasma, y no de imagen, ni siquiera de eso; es una Pena de espantajo feminarial empresizado que nada tiene en su haber, un mundo que no sirve, y en su debe toda esta erosión que se me ha extendido por el cuerpo, no ya montando casa, sino Hangar que me pesa y me hunde cada día más, y que ahora, al fin, parece que voy a aligerarme un poco, primer paso.

Ahora, al fin, gran paso saber que, después de muchos meses, iba a empezar a hacerlo, y pequeño alivio que, frente al resplandor que brillaba fijo incapaz de una duda ni un parpadeo pudoroso, la condujo sin querer hasta el balance que nadie apreciaría, a pesar de ser indulgente con ella, e incluso benigno, amable: con su aparente exactitud, callaba cosas.

Cosas cruciales calla, sí; porque aquí sigo en este trabajo tan igual que ya me da igual, y sin ver a casi ningún amigo porque viven fuera o no hay forma de que coincidamos al tener todos tanto quehacer y andar todos siempre con tanta prisa, y con los protectores, los dos, cansándome y yo a ellos, y con este peso aquí, en el cuerpo, venga a pesarme, y enamorada sin que nadie lo haya hecho de mí porque él no de mí, Manuel, y así sigo después de ni sé el tiempo, también me da igual, qué más da; pero todo esto sería soportable, sería haber vivido sin luz propia, si él, se refería ahora al bloque, si tuviera calidad de novela hecha, novela sin desajuste, y si él, se refería ahora a su cuerpo soltando humo, si no hubiera elegido el hoyo este para esconderse, y allí hundirse milímetro a milímetro hasta dejarme como estoy, en perrito de Goya, que así estoy, como un perrito de Goya, sin que haya podido hacer yo mucho para evitarlo hasta hoy, hasta esta noche en que voy a empezar, y luego, a partir de esta noche, en que lo seguiré evitando hasta el fin sin rendirme; no me rindo.

Un hoyo ese, que bien podría obrarle el prodigio de, en magia volátil, forzar a que esos datos tan amables se le hundieran también en un presente de los que siempre estaban ausentes. Bien podría, cuando oyó la alarma del reloj del compañero que aún quedaba allí, a su lado, las siete, ya le toca la pastilla, y su aviso, el prodigio que le obró fue, en magia aterrizadora, devolverla al presente bien presente de sábado con su fin de jornada y sus movimientos de rutina uno tras otro. Los del despacho eran cuatro.

Uno. Apurar el cigarrillo número treinta y apagar el terminal y enfundarlo con desgana para, con la misma desgana, ir hasta el perchero donde colgó el impermeable, qué astroso está, y ponérselo por ponérselo, y cuántas arrugas, ni se cuentan. Dos. Arrojar cerillas y paquetes de tabaco, el recién abierto y el de reserva, en el bolsón-arca de Noé que, así, cruzado en su pecho, le recordó el zurrón que vio una vez en un retrato de El Empecinado, así, puesto en bandolera, se parece al que vi en aquel grabado elegante de expresión como la del cuadro de Goya aunque de fuelle distinto, un poco más desengañado quizá. Tres. Sugerir al compañero,

–bueno, yo me voy, ¿por qué no te vas tú también?, es tarde,

sugerirle que dejara de dar instrucciones a su pantalla, que para eso era sábado y DOMUS fuera, DOMUS debía ir al olvido hasta el lunes,

–no puedo, todavía tengo para una hora,

–ya, entonces, adiós, feliz domingo,

–bye bye.

Y cuatro. Abrir la puerta del despacho y cerrarla, para, en el pasillo, iniciar los movimientos del exterior, que eran cinco, y uno tras otro.

Uno. Recorrer el pasillo sintiendo las mamparas de cristal ahumado de sus flancos como anteojeras. Dos. Atravesar la gran puerta blindada azul Purísima con su razón social en negro DOMUS, SOCIEDAD ANÓNIMA/División Informática para ir al ascensor. Tres. En el ascensor, presionar el botón Planta Lobby para que la dejara en el gran vestíbulo con tresillo de cretona sujeto entre sí por cadenas, y con camilla, confesonarios, pergaminos, y papel rosazul salmónbeige por todas partes porque así era mejor, así es más cómodo porque así nadie se distrae de casa a la oficina ni de la oficina a casa, gran invento. Cuatro. En el vestíbulo, cruzar la gran puerta abrecierra de cristal y la otra enorme y gris que daba al porche, y allí, en el porche, no dirigir ni una mirada a la llama-escultura que vegetaría con sus ojos de tedio seudoandino bajo el letrero Edificio Perú-DOMUS, SOCIEDAD ANÓNIMA recién encendido. Y cinco. Todavía en el porche, no sentir la más mínima atracción por el viento entero, así lo llaman ahora todos, entero, para recuperar raíces dicen, como si las tuviera para alguien aquí, porque en los pueblos, entero quiere decir algo, que viene lleno de los cambios de invierno que anuncia, pero aquí, de qué, aquí es un ventorrón asqueroso que de lo único que está entero es de lo mismo, de otro invierno igual. Allí, en el porche, de no sentir en sus músculos la más mínima atracción por ese viento entero sino repullos de frío desencajado, mientras se abrochaba el impermeable con desgana, y sin decidirse a andar.

Sin decidirse, porque la ciudad, que de cerca y de lejos parecía siempre la misma, igual de barroca y de hermosa y de diáfana y sin distancias que siempre, a sus ojos ya no lo era, y a los míos es una concha petrificada de molusco egoísta y falsa que vive al margen de sus seres, de sus vidas, a las que ignora y va dejando a un lado igual que simples desechos siempre que con eso pueda permanecer sin una arruga impávida siempre y tersa y Bella momia siempre que es lo que ahora es, una urbemomia, y ya no hay que hacerse más historias porque no es más que otro reo de ELLA, de su Dueña, FLECHA, y se acabaron las confianzas naifs, y vivan los gafes-malajes; vivan todos; y si entre esos desechos está la mía, mi vida que hace tiempo que me ocupé yo de dejar bien a un lado, pero yo, yo por mi voluntad, también lo están las de todos estos compañeros que ahora salen y que pronto desechará porque su Dueña, actuando siempre como lo hace, que es como si no actuara, ya se ocupará de que no queden libres, y como contra ELLA sólo pueden los artistas y los que trabajan como ellos, también artistas, el día menos pensado y sin darse cuenta, adiós, letra muerta sólo, eso serán.

Las vidas de todos los empleados anónimos que, sin disculpas, la empujaron forzándola a salir del porche al azul Grecoso de la tarde, azul hecho añicos en los restos de una cabina de teléfonos recién instalada y ya rota y que desde el suelo emitía quebradas señales de desolación, guiños de destrucción, y empleados, que, sin mirarla apenas, corrieron a refugiarse en sus coches de una lluvia fina pero molesta que había empezado a caer, y a los que ella, a su vez, tampoco miró apenas porque, siempre con desgana, abrió su paraguas plegable, y echó a andar.

Y, claro, si no cuento otras vidas, las que nunca tendrá que ignorar ni desechar, es porque son las que le sirven, las esclavas que se creen sus dueñas; las que, a base de dura conservación y simple negocio taxidermista, la han hecho lo que ahora es, algo embalsamado; algo que allá arriba, en su cogollo, sólo al Turismo le puede parecer a salvo de Únicos Sentidos, en su cogollo Touroperator de letreros Seudogóticos, sí, pero si vas por libre y te atreves a explorar y tienes los ojos bien despiertos, ya verás, entonces vas a descubrir, en su cogollo, lo inerte, lo falso, y fuera de él, lo vivo, lo cierto que los embalsamadores no quieren ver ni que se vea; lo oculto de botellas y botellones y trapos, o de papeles, como los que sorteó en montón, y de plásticos y de excrementos y hierros, o de trastos, como los que logró evitar, y de mediojuguetes y restos de comida y de latas, o de pilas, como las que vio en un rincón, y de jeringuillas que hoy no veo aquí pero que más adelante veré junto a alguno de los inevitables chicles-trampa que hay por todas partes porque somos Cosmopolitas, eureka, y luego, no te apures, que aún allá, dentro del cogollo, podrás ver en cualquier muro de la ex escuela de artesanías y oficios, que ahora es Banco Central Mesetario porque la momificación ha incluido el nacionalismo como tenía que ser, más eureka, pues en cualquiera de ellos, no te apures, que podrás ver alguna pintada del tipo de ese Cabrones todos o de ese Ijo de puta el que me lea que hay ahí enfrente en la muralla y que aquí se ven pero que arriba, por lo vitales, ya no porque las mandan limpiar a toda prisa en aras del Turismo y cifras de no parados, y luego, sigue sin apurarte, porque en alguno de los nichos del ex Ayuntamiento florido, que ahora es Palacio Del Gobierno de la Meseta y por eso tiene ondeando una banderita que se han sacado del medievo y dicen que es La Nuestra De Verdad, tres eurekas, pues allí hasta podrás ver por la noche en un descuido algún colchón mullido en harapos como ese de ahí entre un orinal desportillado y unos tablones con pretensión de mesa como esos de ahí, y todo para confirmar lo que digo, que ahora es una ciudad de trampa, de trampa sin maravilla, claro, trampantojo, y de mucho muchísimo cartón; aunque mejor sería decir de Turismo de Timo y de Torpeza, y me ahorraba palabras.

Mejor sería, ahorrándose también esfuerzos bajo una lluvia que trataba de evitar con su paraguas sin ninguna prisa, muy tranquila, lo que le permitía ahorrarse otro esfuerzo, y, de paso, guardar su marcha, con la que, si a diario avanzaba para no avanzar, pura rutina, esa tarde, había en ella otra cosa, un cierto ritmo.

Pero de Turismo, Timo y Torpeza es lo que sería mejor decir, y no sería exceso, qué va, sería verdad, realidad; porque a ver, cuando los embalsamadores dicen Que Permanece Fiel A Su Historia, a ver si eso no es una turistada de folleto. Una, que se le deshacía en un segundo bajo la lluvia fina y como aguda hoja de faca. Y cuando dicen que Permaneciendo Fiel A Esa Historia Alcanza Un Compás Denso, un compás propio y culto y humano se entiende, a ver si eso no es un Timo de corazón rosé, que suelen ser los más duros como se sabe, y que a fuerza de recantaletearlo anuncios, pantallas y revistas, casi te lo crees. Casi, bajo la lluvia fría y como puntiaguda hoja de faca. Y cuando hablan de su arritmia, que ni compás, ni propio ni demás, cuando dicen que Es La Que Caracteriza A Una Urbe Cosmopolita, a ver si no caen en tal Torpeza, que hasta algunos cosmopaletos de pro no pueden dejar de sonreírse al escucharla, y tengo que deciros que cosmopaleto es el anajaván de costumbrista-momia-palurdalela-y tonta que esta mañana me ha venido yendo a DOMUS, y que, ya no, ah no, ya no voy a apuntar, liberada. Y se lo decía a los dos, evitando que las varillas de un paraguas contrario le sacaran un ojo, que a punto habían estado.

Ah, y paciencia; hay que esperar, porque eso no es todo; luego hay que oírles que Ahora Vive Una Época De Imagen, ignorantes los muy desimaginados de que fue en la vuestra cuando vivió las imágenes más hondas, sensuales, expresivas, y que, si manipulaban, lo hacían al menos con la belleza y la hondura de genio que aún se ve allí, que aún se podía apreciar en el ex Hospital, hecho Hotel para Congresos y Convenciones, Hotel Cinco Estrellas Luxe; y luego hay que oírles que su Verbo Ahora Brilla En Otra Nueva Edad De Oro, sordos los muy verborreicos a los vuestros más creadores que hemos tenido, verbos superverbos; y luego, bah, luego hay que oírles Que Ahora Exhibe Un Vivo Barroquismo, desvividos los muy vividores de estos alzados, curvas y torcimientos que no han podido arrasar pero de los que se han resarcido embalsamando todo lo que se podía y lo que no se debía y construyendo endriagos unifamiliares y dúplex donde se podía y no se podía ni se debía, hay que oírles todo esto para seguir pensando que ella, esta ciudad, es siempre la misma, y para llamarme a mí exagerada; ya, ya, exagerada, lo que me quedo es corta, y desde luego lo que he sido es una simple, una pobre pánfila de aldea. Así se vio al pasar junto a varios autocares que obstaculizaban el esgrafiado blanco vegetal de la ex Posada, hecha Tour-Agencia de Viajes y Circuitos de Ensueño según rezaba un Seudogótico encima, y a cuyas puertas, unos guías trataban de apriscar a grito puro y toque de silbato, grupos de turistas que, a pesar de las ráfagas arreciando cada vez más, aparecían llenos de sudor. Una batueca, eso he sido, una pápara, papasal, papamoscas, papabollos y papatostes que, ni siendo tan vieja amiga tuya, don Baltasar, encuentra palabras, y creo que aún lo sigo siendo, vamos, creo yo; Lo sigues, sí, pero muy cerca de uno de esos viejos del Mal del Siglo que no sé cómo cada siglo puede sufrirlos, ¿y ves esto tú?

Pero no, no lo vio. Porque mientras esperaba en el paseo una luz verde para cruzar que, por el tráfico, no parecía llegar nunca, se había quedado presa en lo que nunca imaginó, ni soñó, ni llegó a peorpensar siquiera. En que un pasado rico y un presente libre, en vez de impulso, pudieran terminar llevándole eso, esta Belleza que FLECHA, como no la puede echar abajo por las leyes de amparo estético que los mejor intencionados han conseguido, no sin dura lucha, es verdad, y que se han hecho ya transnacionales, Ciudad Patrimonio de la Humanidad es ahora, pues como no puede echarla abajo ni tampoco la puede amar porque ELLA vibra sólo ante la rapiña, la utiliza así, cadáver, un día de difuntos de Larra; un decorado que el negocio así quiere, pastiche, lo que respira y mancha y suda y sufre y envejece y muere, fuera, y viva la embalsamación, y, en resumen, una Tramoya Garrafal más, otra más.

Una que, reflejada en los charcos, un coche brillante y potente le salpicó, poniéndole perdidos los zapatos y el impermeable.

Y todo esto agota, don Baltasar, muele, dom António, y si al decirlo os agoto y muelo yo, pues lo siento. De los barrios apenas bajaba algún recién llegado a los paseos, alguien de África, América, Europa o Asia que había escogido para vivir la parte vieja despoblada con anterioridad por los mesetarios en beneficio de la nueva, fiebre de Dúplex y Unifamiliares ajardinados con piscina, por supuesto, Caribeña, y en la calle, excepto dentro de los coches agrupados en espesas filas, tampoco se veía a nadie bajo un atardecer que sutilizaba en vano los perfiles. Pues sí, todo esto contribuye a agotar y a moler, y si hace mucho que no recuento pesadillas y hoy vuelvo a hacerlo, es porque he tomado al fin una decisión, la del primer remedio, y quiero hacer memorial, y esto os lo digo ahora porque hasta ahora los remedios eran sólo un proyecto, y de los proyectos más vale no hablar, por eso hasta ahora me callé, pero hoy empiezo, y como son tres, con el de hoy ya serán sólo dos los que me queden, y bueno, un paso, luego hablaremos de esto, la cosa es que hoy recontar me va a servir de ayuda; aunque tengo que empezar diciendo que la primera pesadilla soy yo; yo la primera, sí, porque si todo esto ha superado la sindéresis de los más pesimistas, como Manuel clarividente o como a veces tú, don Baltasar, y si todo ha hecho verdad el pronóstico de los más feroces optimistas, como DOMUS, SOCIEDAD ANÓNIMA o como Bernardo Justamente y Etcétera, yo, de lo pápara papasal y etcétera, no lo supe ver, cero, ni imaginarlo pude. Una pobre naif, que apenas podía notar cómo las bocinas asfixiaban las campanas perforándole sin piedad la cabeza, y cómo la lluvia se hacía aún más aguda y más hoja de faca con la ayuda de ráfagas furiosas de viento, y de un viento que ni es entero ni libre ni huele a totalidad, porque es de guardarropía, o si no lo es, lo parece, viento de atrezzo; ah, y un hueco. Había un hueco para cruzar, y por fin cruzó.

Y tampoco pude aprovecharos a vosotros, vuestros

regalos, o no supe, mea culpa, pero con el Monomenú cumplido paso a paso inexorable y a pasos más que agigantados, a ver quién podía; ¿Cuál Monomenú, el ad nauseam?; claro, no hay otro, por eso es mono, el gafe-malaje ad nauseam; el Menú de Autonomía, y empiezo a recontar, el de Autonomía que, con toda la estabilidad y todos los acuerdos precisos para arrasar, ha arrasado campos, barrios y huer, pero no, bah, mejor olvidarlo, que puede ser para vosotros una salmodia demasiado mono y ad nauseam, mejor dejarlo, ya haré luego inventario sola; No, ca, por nosotros no te preocupes, que es cierto que llevas meses sin recontar, y lo que indigesta, a vomitarlo, conviene.

Y como así era, como esa tarde le convenía más que nunca, empezó de nuevo, aunque ahora con más detalle.

Pues con el Monomenú cumplido ad nauseam como habéis podido ver, y sobre todo tú, don Baltasar, que eres quien lleva más tiempo conmigo, con el primer plato de Autonomía que, con toda la estabilidad y todos los acuerdos precisos para arrasar, ha arrasado campos, barrios y huertas en un pillaje que hasta a ti te pareció prestidigitación, y ha levantado dúplex y chalés Tudor Normandos Eduardianos o Cortijeros con piscina Caribeña y siguiendo el fuenteovejuna de Para Elevar Su Standing Siéntase Príncipe Y Venga A Vernos, y el de Venga Al Paraíso Que Ahora Puede; y con el segundo plato de Aprender Más, ¿Para Qué?, Antes Decían Mejor Tarde Que Nunca Pero Ahora Somos Post, ¿Y Leer?, Con Qué Provecho Si Sólo Sirve Para, ¡Ah, no, alto ahí!, la riqueza y la sabiduría suelen andar reñidas siempre, eso es sabido, pero la lectura, al ser empleo de personas, si no las halla, las puede formar; pues sí, de acuerdo, las puede, pero piensa un poco, ¿quién va a querer poder si sólo va a formarse en variedades tan inútiles como que Gris no suene sólo a color cemento, o Aragon a Pilar con jotas, o Breton al don Hilarión Verbenero?, quitando, claro, los manuales de instrucciones o los folletos Turísticos, mejor que no sepas cuánto se lee hoy, no, cuánto no se lee; desengáñate, ellos lo tienen bien claro, Cariño, Lo Cómodo Ahorra Tiempo, Y El Tiempo Ahora Es Gold.

El suyo enfilando el puente despoblado, siempre sin un paseante, y con la guarnición del segundo aderezada, que era el puré de música de zarzuela o zarzuelera que ahora era monodia, y ahora es monodia general, es pandemia, ¡género popular al fin!; ya no se la unta en su ombligo la gente media cómoda provinciana, no, ahora también la profesional siglo casi-veintiuno y la alta y la media alta y la media baja y la baja del todo y la aristocrática, y ya, por untársela, hasta el primer Teatro Sinfónico de la capital, y siempre con los mismos grumos Mi banaderita rrroja mi banaderita gualada allá poro tierrras españolas de Áfrrica, o Huereta la que cubiereta, grumos que, cuando algunos embalsamadores intentaban hacérselos tragar con, Pero Chica, Si Es Tan Superesencial No Olvidar Nuestras Cosas, Pero Bonita, Si Hasta A Nietzsche Le Gustó La Zarzuela, ella, no Chica, respondía que sí, que era esencial no olvidarlos a ellos por ejemplo, a dom António y a don Baltasar, y yo, no Bonita, les pregunto en voz baja que por qué no, ¿por qué no iba a tener derecho él, don Federico, a una curiosidad?, la zarzuela debía de ser para él eso, una exótica curiosidad, y además él se puede permitir un poco de mal gusto, estaría bueno, y los superhombres también, no les hace daño, al contrario, les hace hombres.

Ella en medio de la acera, que seguía siendo casi suya porque a lo lejos un par de almas y poco más, y mirando lo que un Seudogótico denominaba río, vino de su Monomenú, en el que ni se molestó en buscar lavanderas o bichos que se atarearan en sus asuntos, porque los que pudiera haber, le resultarían tan embalsamados como lo demás, dirigidos por control remoto, o por subvención; atareados por Autonómica subvención, así me resultarán, os lo aseguro; y a propósito de control, ¿sabéis?, a veces pienso que ya me gustaría veros aquí intentando educar, intentando hacer personas cultas y humanas y tolerantes, ya ya, ni vosotros podríais con estos embal, pero un momento, un segundo, que voy al pretil.

Iba a acercarse al parapeto en busca de refugio, porque varios coches potentes y brillantes se acercaban, y no quería acabar hecha lodazal.

Pues sí, a veces pienso ante estos embalsamadores, que ya me gustaría veros aquí bregando con ellos, ni vosotros con vuestros métodos podríais conseguir que fueran algo menos Huereta la que cubiereta obligándoles a descifrar de tanto en tanto algún emblema en Cursos de Perfeccionamiento Neoilustrado, Neoiluminista dirías tú, dom António, pues ni en Cursos así que les obligaran a descifrar algún emblema de los que usabais vosotros los jesuitas barrocos para estos menesteres, ni aun así lo conseguiríais, emblemas de Alciato, Kircher, Maier o Solórzano nada menos, que en esto sí, don Baltasar, e aqui sim, dom António, que llevas tan callado caladinho toda la tarde, en esto sí y aquí las cosas son iguales que en vuestro tiempo, a la vez que, claro, distintas; son distintas, porque vosotros pensabais que el estudio y la cultura formaba personas, gente preparada para ser respetuosa, humana, tolerante y lo que queráis, pero ahora, gente que ha estudiado en la universidad, ni está preparada para ser humana, tolerante o lo que queráis, y con lo único que es respetuosa es con el Gold, eso por una parte; y por otra, son iguales, y aquí nos parecemos todos siempre y hay que reconocerlo, en el empeño por querer educar, sea con Ilustración, con Regeneración, Televisión, o, como vosotros, con Religión, empeño que siempre está ahí listo para saltar, tal cual, siempre buscando Únicos Sentidos, y siempre para poder-Poder, claro, Religión la primera; Mas a Religião não era para poder-Poder!; ¿ah no?, ¿y para qué entonces?; Era para semear; ¿para sembrar?; Sim, para tornar as ideias visíveis com a razão da palavra, orvalho do céu que se destila brandamente e sem ruido, e assim contribuir ao melhoramento dos homens, para isso era; ¿ah sí?, pues caray, dom António, eso de blandamente... no me dirás que lo de Cristo amou, sabendo, como se amara, ignorando, e os homens foram amados, ignorando, como se foram amados, sabendo, no me dirás que eso tuyo no iba algo forzado; Iba, sim, mas porque os sentidos podiam tanto no Mundo, que o semeador, que devia fazer?, não devia buscar os instrumentos para a sua semeadura se multiplicar com vantagem?, para fazer dela abalo, não devia crear uma arte que tivera mais de natureza que das artes própias, uma árvore da vida que tivera, da música, o compasso, da arquitectura, a regra, da geometria, a medida, da pintura, a cor, e das palavras, o sermão, que é a composição, a ordem, a harmonia e o curso delas, não devia?; hombre, pues no lo sé, dicho y preguntado así en superverbo, no sé, hasta convence, pero, vaya, dejando a un lado que ese arte tendría poco de naturaleza, ¿tengo que recordarte yo que sembrar también es plantar Poder?, porque, en fin, si tengo que hacerlo, lo hago, dom António, te lo recuerdo, ya está.

Y lo hacía muy segura de sí, muy segura en ese punto, aunque siempre con la consideración que él le merecía, o mejor, que le merecían ambos, los dos, porque ahora contaba, no con uno, sino con dos amigos protectores. Hablaba cada vez menos con ellos, cierto, pero no importaba, porque eran dos, y ahí los tenía como siempre, siempre ahí.

Contaba con él, don Baltasar, e com ele, dom António, dom António Vieira, para ella también don, dom, quien se le acercó hacía cinco años en una librería de viejo da rua da Misericórdia de Lisboa un día esplendoroso de mayo atlántico, y a quienes, por no saber si se conocían, si se conocían en persona quiero decir, y que yo sepa no, a pesar de ser los dos jesuitas contemporáneos, pues a quienes, por no saberlo, decidió presentar una noche, y desde entonces oía convivir de lo más a gusto.

Don Baltasar, dije, acércate un momento por favor, y mira, aquí tienes a dom António Vieira; y tú, dom

António, aquí tienes a don Baltasar Gracián; creo que ahora, sin Barbarie, ni Censores, ni Imperios, ni posibilidades de Imperios, ni Sebastianismo ni Pesadillas de clausura, os llevaréis muy bien, porque, aparte de sentir los dos el mismo amor por la libertad y de haber sufrido censuras y apartamientos y hasta cárcel, ni la injusticia ni la corrupción tuvieron morada en vosotros, eso dije; y don Baltasar se alegró mucho, ¡Es un placer!, se puso muy contento y, con una inclinación de cabeza, añadió, Es un placer, porque si basta decir portugués para entendido y despierto, desde ahora seremos tres a conversar, y ya que los tres estamos harto discurridos y quien no discurre no conversa, no habrá ratos más aprovechados que los de un bel parlare aquí y allá, que, menos de tres es diálogo y, en pasando de ahí, todo es bulla; Certo, dijo entonces dom António, Isto da bulla é bem certo, que uma conversação onde muitos falam e onde basta que se não ouça um dizem para parecer que se afirma, é só uma mata brava de confução; y entonces, la que se alegró mucho fui yo, ah, pues qué bien, dije, ha sido buena cosa presentarnos, lo vamos a pasar de primera porque, no lo olvidéis, a los tres nos gusta por igual la palabra, el concepto; Ah, mas um conceito que seja para colher fruto de clareza, que como o céu, seja tão claro que o entendam os que não sabem, e tão alto que tenham muito que entender os que sabem!; Así es, o, lo que es lo mismo, un concepto fructuoso, ¿verdad?; Verdade!

Eso les oyó, empezando entonces a oírles charlar de un montón de cosas a placer, y empezando entonces, en el puente, a sonreír, no tanto por aquella charla, como por el silencio prolongado de un Gracián, que, si ahora se le quedaba así a menudo, callado, en parte porque ella lo buscaba menos, y en parte porque ella debía conversar más consigo tal como cuadraba a su edad, estación de madurez, ahora ese silencio le parecía venir de una picazón, de la del poder-Poder eclesiástico, y eso le divertía.

Eso era digno de inclinarse, apoyarse en el parapeto, y picar a su vez, claro que, bien pensado, a lo mejor sí le podría llegar a un Bernardo Justamente y Etcétera un poco de la acutezza recondita que el italiano don Baltasar decía que era gracia y placer del emblema, nunca se sabe,

–y qué viento.

A lo mejor, después de secarse unas gotas que las ráfagas le habían llevado al sor Juana-Frida Kahlo con que intentaba protegerse, a lo mejor a un Bernardo Justamente Torquechuscada, ex bárbaro, ex miembro activo del Partido más conservador y ahora Ilustrísimo Señor Concejal Redundante del ex partido suyo, ahora Partido, sí le podría llegar un poco de la acutezza recondita que Castiglione consideraba esencia y delicia de aquel género, el emblema, es posible, ¿no crees, don Baltasar?; ¡Qué he de creer, claro está que no!, a los tientaparedes, cuatrosentidos, almendrucos y avechuchos de la necedad, siempre fue y será tarea vana querer educarlos; Ou seria muito dificil, contra entendimentos endurecidos nenhuma cousa aproveita a agudeza, antes dana mais, pois quanto as setas são mais agudas, tanto mais se despontam na pedra; claro, y justo lo que digo, que las saetas, cuanto más agudas, tanto más se despuntan en los embalsamadores, eso es el ad nauseam, y ahora qué me decís, ¿quién es el que exagera?; pero ahora, el postre. Le tocaba eso, el postre, y para él encendió un cigarrillo.

Encendió el número trigésimo octavo del día, un tres y un ocho, ese encendió. Y no era un número excesivo, los sábados alcanzaba con facilidad los sesenta. El humo había llegado a convertirse en un acompañante tan prodigioso, que, más que acompañante, era aliado, por eso lo invitaba a menudo. Es un amigo especial que no me pide nada, ni siquiera atención, nada, no me discute nada, me alivia, en fin, sólo me da gusto; y para el postre, además de él, vuestro reconocimiento, no vendría mal; como sufridores de ad nauseam que fuisteis, no vendría mal que me reconocierais este mío; Pero si lo hacemos, siempre lo reconocemos, cuándo no, pero siempre pasamos a aconsejarte que abras una puerta al oxígeno, y respires; Que repares no que há, mas também no género das aspirações das gentes. Y todo eso que lo hiciera cuando, para evitar una jeringuilla a sus pies que no había visto, se enredaba entre un cable de luz y sonido estando a punto de caer. Sí, ya, lo reconocéis, pero no que esa puerta la he abierto muchas veces, no una, muchas, y por ella, ¿qué?, ¿qué ha entrado?, la obsesión mono, esa obsesión que parece que ha existido siempre, pero que se ha hecho universal, monovida, monomuerte, monoaspiraciones, monodiversiones, que ahora son entertainment, monovacaciones, monoopinatividad cretina, en fin; Monoopinati, que cousa?; ah, nada, perdóname, no te molestes con ese endriagazo que con él sólo quise decir trivialidad, se me escapó, quise decir que hasta lo más cretino es debatido todos los días a todas horas en tertulias de retaguardia, no de vanguardia de aquellas de principios de siglo, claro, ojalá wa-sa Allah, todo en infratertulias así cretinizando en mono; Ya, bien, pero piensa en el verdadero espectáculo, siempre agrada; claro, agrada si lo es, si es verdadero, y porque pienso en él, veo que el que veo es mono, monoconcurso monodeporte, para qué decir cuál, monocomedia grosera, o comedia demediada como podríais decir vosotros, en fin; Ah, sim conhosco bem este desventurado estilo, se os que o querem honrar chamam-lhe assim, comédia, os que o condenam chamam-lhe simpleza, mas ainda lhe fazem muita honra porque é bruteza, tuda vulgaridad e farrapo, que nem movet, nem docet nem delectat; exacto, que nem nada, tú lo has dicho, harapo todo; Ya, ya, pero ¿no hablabas del deseo que había de mejorar y de saber?; hablaba, sí, pero cuando me he callado, he visto su bizqueo de intención, sólo es lo que ya he dicho, monodeseo de Gold; E a arte?, não falavas das muitas exposições que havia e de tanto género de ovras como compravam-se?; falava, sim, pero cuando me he callado, he visto que el de verdad, el arte de regreso fruición y demora, lo aprecia el mismo número de personas que antes, así que, en proporción, menos, y respecto a las exposiciones, os diré, o son mono, o son otra vez concursos, si son mono, ves el buen gusto de Carlos Quinto o de Felipe Segundo tan desmesuradas veces valorado entre nosotros que, Ay Felipe de mi vida ay Carlos Quinto de mi alma, y si son concursos, son carreras de eventos-relevo por las que museos, pinturas, iglesias o palacios desde siglos aquí, se descubren el mes entertainista por gentes de aquí que hacen colas de tres, de seis, y hasta de diez horas, que sí, como lo oís, de diez, y hasta puede que de doce, cuesta creerlo, pero así es; Está bem, mas a comida, o alimento havia-se tornado muito variado e cosmopolita; pues mira, no, no creas, en general es Ben Uno Ben Dos y Ben Tres, y la variada, como no dilata más, se acaba haciendo cosmopaleta; ¿Y qué me dices de las obras públicas de mejoramiento?, son algo esencial, no sabes cómo se estaba este país en mi tiempo sin haberlo mejorado en cosa sus moradores, fuera de los romanos, y tan al contrario que las demás provincias políticas de Europa, como Francia, o como Italia o tantas otras; Como a Hollanda também, que logrou ser pátria de anfíbios composta de peixe e homem!; ah sí, las obras de mejoramiento, pues veréis, se han hecho y se hacen muchas, sí, pero si os fijáis, la mayoría son como la Sede de mi ex partido, relumbrón puro y duro; Mas há hospitales para todos igual, assim pobres como ricos, e mais e maiores socorros e menos enfermedades!; bueno, sí, pero por partes, hospitales igualitarios los hay, aunque en ellos te tratan como a C-101 y creo que no van a durar mucho porque parece que somos muchos muchísimos, y respecto a enfermedades, se curan la mayoría de las que eran mortales con vosotros, pero en cambio tenemos otras nuevas que no conocéis, y que son igual de mortales o más; Hola, mejor va a ser callarse, prudencia y discreción, dom António, que este

Menú es más mono que nunca, y con él no va a surgir un pensamiento que haga pensar, y letras, ni en una sopa; ah, pues no, o mejor dicho, sí y no, un pensamiento que haga pensar, claro que hay, no estoy tan Mal del Siglo, hay uno, y hay más, y menos mal, pero lo que son letras, eso sí que en sopas se han acabado, ni en una, ah, y tienes razón, este menú es más mono que nunca, por eso los remedios.

Porque para ella lo era, y más que nunca, respiró junto al humo el alivio de saber que, esa noche, empezaría la cosa a cambiar, ya que a grandes males, grandes remedios. Y reinició la marcha.

Pero eso de las letras, es verdad que en una sopa ya ni soñarlo, ¡sopas de letras!, suena a pleistoceno; aquel invento con el que afianzábamos Jimena y yo la escuela mientras nos divertíamos comiendo o cenando, sopas de letras y de ingenio, ya no, ya todo Ben Uno, Ben Dos y Ben Tres; y antes de irme de aquí, del puente y de lo que siguen llamando río supongo que por comodidad, tengo que recontar que ya no tiene gárgara ni melenas ni prados ni gorgueras, y todo su caudal está preso allá arriba en la sierra en el Mayor Pantano de la Nación con aguas que no se ven ni se escurren ni se huelen, y ahora es esta cochambre, este torrente decrépito vino del Monomenú, y preparador o anticipador perfecto del postre, del recuento final; otro pitillo.

El recuento de esta ciudad, que vuelve a ser lo que fue, una Seudociudad, aunque ahora así, en mayúscula; una con pobreza de ánimo de abundancia, mal gesto a todas horas, zonas basura sur/Zonas Superluxe

Norte, un Gran Museo de Arte de la Meseta creado sin ningún criterio porque en una sala ves una espléndida estatuilla neolítica y dos más allá una raquítica mesetada del diecinueve, con otro de Arte Contemporáneo ocupado sólo por unos cuantos préstamos y visitado sólo por autocares de turistas previo pago de tarifas concertadas, con dos Centros Culturales dedicados a personajes que han salido no se sabe de qué desván-rancio y han sido recuperados no se sabe por qué ni para quién como no sea porque Es Tan Superesencial No Olvidar Nuestras Polillas, con una Avenida Elísea Grandeur Antinature sólo para autocares, autopullmanes y algún brillante-potente, con brillantes-potentes usados sólo en recorrer distancias de cien metros o de quinientos o de un kilómetro al día como mucho en su perímetro de dos por tres, con un solo Teatro proyectado por Genio International Style y construido con La Mayor Acústica de Europa pero al que sólo llegan restos de garbanceros Festivales Nacionales o garbancerías de autores, cómo no, mesetarios y, cómo no, subvencionados, que ya no es histórica sino Histórica como vieja estirada por láser, ya no tiene más que una sola industria porque lo rentable ahora es la embalsamación, única actividad febril, que no fabril, que por eso cuenta con una Reserva De Fauna Autóctona que se visita en jeeps desde los que puedes ver un –Sus scrofa–, que es un jabalí, o una –Alectoris rufa–, que es una perdiz, o un –Ulmus Minor–, que es un olmo, que está habitada por adultos que ya no charlan en lengua de aristócratas ni con gestos mínimos porque escupen miserable jerigonza de tics, y por niños que ya no juegan al aire porque se han vuelto tecnoancianos, y por ancianos que ya no ciernen memoria en sus placitas porque ejercen de viejos-prodigio en Costas Doradas o de Azahar y, el que puede, en Las Paradisíacas de Bali o El Caribe, que vuelve a padecer conflictos entre embalsamadores-embalsamados y recién llegados vivos de Asia, África, Europa y América, que luce unos gamberros imposibles de evitar en cuanto sales del cogollo y ya no hay patrullando vigilantes oficiales ni particulares, que es teleadicta sólo de lo más Covachón de la Nada porque es lo que más le regala el gusto, vídeo incluido, sí, sí, don Baltasar, vídeo incluido porque ahora todo parece vulgo y tenías razón, el vulgo es vulgo y el Covachón Covachón, y si esto es elitismo, mejor, ¿y qué?, ¿qué más?

La lluvia se había hecho un poco más fina pero no dejaba de caer igual de porfiada y de hoja de faca, y sus ojos trataban de adivinar entre la bruma el seudorrománico, seudogótico y seudobarroco del nuevo edificio MULTIS, SOCIEDAD ANÓNIMA para que, a modo de café, copa y puro, redondeara el postre.

Nada, nada más; aquí, chssss, sólo el que en silencio se distancie, captará su Seudo y lo usará como antituétano y antimédula para huir al gran vientre de la urbendriago o al enano placentario de la aldea como hago yo, y fin, fin del Menú; Pero ¡mujer, hablas como Bernardo!

Eso oyó al llegar a uno de los estribos árabes del puente.

Hablas como él, con toda esa redundancia que, al no añadir impulso alguno al recuento, lo que hace es hundirte más, no conversas bien contigo, olvidas cómo hemos recontado eso nosotros, en esencia eso mismo, y no lo aprovechas, ¿qué creías, eh?; Parece-me que sou eu quem está descrevendo isso mesmo na terra!; Siempre van a reinar la popularidad y la estulticia, el oro siempre lo va a reñir y a rendir todo, y los lenguaraces y aprovechados siempre van a ser los que brillen, con el eterno pájaro solitario como excepción en alada maravilla ermitaña de tu mundo, del nuestro y de cualquiera, deberías saberlo ya; Faz a comparação, sempre hás-de achar todas as espécies de homens, homens homens, homens brutos, homens troncos e homens pedras; Siempre, así es, y si es obligación descifrarlo en cada tiempo, obligación de persona, lo es, para, una vez hecho, seguir, ir más allá; pero seguir, ¿adónde?, ¿y a qué más allá?, ¿y cómo, queréis decírmelo?, cualquiera diría al oíros que llevo un año así y aquí por gusto, por perversión, y respecto a la redundancia, a mí, como persona, hoy me alivia, y además, me ayuda; Te ayuda porque has dejado que El Tiempo se señoree de ti, El Tiempo, que para cada cual es el suyo, piénsalo; ah no, no lo he dejado, y la prueba la tendréis luego, con el remedio; Pues ahora bien que lo parece, y lo que debes hacer es lo contrario, señorearte tú de Él, ir más allá creando contra-Tiempo; Um contra-Tempo que é sofrimento sempre, e senão, vira os olhos para mim: desterro, encerramento num cárcere da Inquisição, luta num ambiente mesquinho de intriga, de calúnia e intolerância, acusação de assessinato..., sí, sí, ya, no sigas, no necesito que me lo recuerdes, vuestras vidas le hacen sentir mal a cualquiera, boquirrota me hacen sentir a mí, pero qué quieres, dom António, vosotros sois vosotros, y yo soy yo.

Ella era alguien que, apagando la colilla, hasta encontraba inmensa desgana en evitar el papel que un sobreviento le había llevado hecho jirones, y en el que aún podía leerse bajo un interior de camilla, pergaminos, cretonas, cortinas y papel salmónbeige rosazul, aún se leía un Tu Palacio Debe Ser Siempre Actual Y Vestir Tonos De Temporada, que pisó, son tisicolores, que olvidó, para dirigir un cálido recuerdo a doña Lola al llegar al Peregrino, Dios te guíe, Año mil seiscientos treinta, y salir donde el arco daba otra vez, a Extramuros.

A Extramuros de nuevo, con toda esa zona, que era la suya y que ahora empezaba a poco de pasar el arco extendida hasta allí, con toda vuelta a su primitiva condición de Extramuros, aunque ahora también así, en mayúscula. Este barrio, que hace veinte años fue un suburbio agradable y fértil con huertas, casas sencillas y alguna antigua construcción elegante, y que recordaba lo amplio y variado de la ciudad con su indefinición entre norte y sur, este y oeste, ciudad y campo o llano y montaña, ahora vuelve a ser eso, un Suburbio, pero así, en mayúscula, y muy bien definido.

Un soberbio Suburbio Superluxe-Norte, que al principio no quiso ser más que otro barrio, uno más de la ciudad, y para ella uno de los mejores, con cultivos y pozas amenizando las edificaciones discretas que, como la de su casa, empezaron a surgir en solares hasta entonces abandonados y llenos de escombros, y que lo hicieron con respeto y sin ánimo de atropellar lo que ya había, en un deseo de esperanzada convivencia y civilización, eso fue al principio. Pero como pronto aspiró a Gran Residencial Vistaflorida, con pozas, huertas y respeto y deseos convivientes fuera, y como también pronto pasó a ser Zona de moda y, por la demanda, se extendió hacia otras zonas no de moda y nada Residenciales ni Vistafloridas, éstas le habían ido llevando su aliento duro y su palpitación quebrada, y ahora era lo que empezaba allí tras el jardín romántico, ahora es lo que se ve, un disparate; un nuevo Mazda/Ahrimán con el que no puede ningún vigilante de los que han contratado los vecinos más de Luxe para patrullar veinticuatro horas por ella y que no hacen otra cosa que extramurarla más y más, y más aún a estas horas, cuando las farolas se encienden de cada tres, dos, en su tono de lluvia ácida, la tercera, o ha sido apedreada o no funciona, y todo se transforma para dejar salir miedo, sospecha; miedo desde los coches que llegan y se encierran a toda velocidad en sus garajes, y sospecha desde las pocas personas que se ven a pie, y que parecen apresurados sprinters; mirad si no. Una pareja volaba hacia un brillante potente, y, al entrar en él, corría a asegurar las puertas y a arrancar veloz. Escuchad si no. El silencio que estrechaba el aire no era de secreto, era de zozobra. Y fijaos ahí. En la calle, se veían tantos brillantes y potentes aparcados frente a su ex tienda, la de la esquina, que parecía la celebración de un gran acto social, de un importante acontecimiento exclusivo. Y no lo era. No lo es, qué va, sólo es Monomenú; y eso en la calle, que luego hay que mirar dentro, claro. No le hacía falta, buena gana de ad nauseam, pero el inventario obligaba, y lo hizo, miró.

Ahí tenéis; los embalsamadores, con sus coches vigilados por el Gran Chambelán ese zarzuelero que está en la puerta y que, además de aparcar y vigilar les hace de escolta con su paraguas en cuanto caen tres gotas para que no se desapergaminen y, de paso, para que las ansias que arrastran de ir bajo palio y con séquito se les contenten un poco, ansias bárbaras, pues los embalsamadores, una vez dentro y Reservados Sus Derechos De Admisión, piden a dependientes vestidos de mesetarios de Luxe, o no, de mesetarios y mesetarias de Luxe, que ahora es como hay que decirlo, espectadores y espectadoras compañeros y compañeras mesetarios y mesetarias, todo así, bueno, pues piden unos hojaldres y una crema de queso con orujo que hay que encargar siete días antes por lo menos, o una espuma de almendras que hay que ahorrar casi un mes entero para poder pagarla, por lo menos yo, ni soñar el ¡con dios y hasta otro día! sonriendo, don Pedro muerto, y allí, mientras esperan en el ambiente hoy ambientado con Beethoven, sí, hoy es Beethoven, pero otras tardes es Chopin, Falla o Vivaldi siempre en ese mismo tachín zarzuelero, mientras esperan, van al mostrador aparte de mármol que se ha vuelto Vinoteca, y, debajo de su Seudogótico, Degustación y Venta de Caldos, y sentados en sus relucientes taburetes de cuero capitoné, se dedican a alabar con unción y ojos de huevo duro cualquier vino que el catacaldos que hay detrás vestido de Experto Diplomado les ponga delante, blanco verde o violeta, da igual, y que sorben memorizando añadas como para concurso, o como si él, el catacaldos, fuera Introductor de Corte y ellos fueran a ir a Versalles, porque, Bonita, Para Eso Se Sienten Príncipes, y, Cariño, Para Eso Van Al Paraíso Que Ahora Pueden, como ellos dos, como Bernardo y Julio.

Como el Bernardo Justamente y Etcétera, que una tarde vio salir vestido de Gran Almirante de Secano junto a su amigo y actual com-Partidario Julio vestido de Gran Capitán del Partido en la Meseta aunque ya con inminente Proyección Nacional, los vio salir a los dos, y cuando subían en un potente tan brillante que no tuvo más remedio que reconocer, muy bien, de acuerdo, es tu galeón de secano, me has convencido, cuando subían en él, le oyó decir, Oyes Julio, Esto De La Ética Del Placer Es Un Placer, Y Perdóname Esta Redundancia.

Eso lo oí, El Placer Es Un Placer Que Redunda, y entonces, ahí mismo me di la vuelta y me fui al Hiper que acababan de inaugurar, y que desde entonces se convirtió en mi tienda; quitando Ben House, adonde voy los sábados por necesidad, el Hiperendriagoalmacén pasó a ser mi tienda exclusiva, tenía de todo sin pretender más que lo que era, un Hiper, y no me iba a hacer más perrito de Goya de lo que estaba, que, no creáis, lo agradecí.

No le iba a hundir más en el hoyo, con su cabeza sobrenadando entre ocres y marrones, y con la placita ya delante al doblar la esquina, que tenía de eso, de placita, sólo el nombre, y ni el nombre, Plaz del uen Rep so, eso se leía en el letrero.

Plaz del uen Rep so se lee, y así está muy bien, como debe estar, como un hipo de susto; mucho mejor que como estaba, como hace seis años quiero decir, y muchísimo mejor que si lo hubieran puesto nuevo y reluciente, que sería una burla, en cambio así, perfecto, porque ya no es placita, es su estropicio; tal como está, la pobre lo que parece es un chiquero, los restos de un bombardeo reciente, algo así.

En todo caso, un desastre de fealdez para el que esa noche no había buscado ningún bálsamo de los que siempre le buscaba antes de llegar, y no por olvido, no por descuido, sino por decisión bien consciente, que ése era el día de su primero, y si lo hubiera hecho, mal, sería otra burla, esta vez suya. Pero antes, sí, lo hice, se los busqué y todas las noches.

Al filo de la acera y buscando algún hueco para cruzar, recordó que, en efecto, lo hizo, porque a pesar de su aspecto de chiquero o de bombardeo reciente, la plaza le hablaba. A mí, a pesar de ser El Baldón Que Yo, como dijo Bernardo cuando llegó a Concejal, Yo, Conciudadanos De Esta Ciudad, Os Prometo Que Subsanaré, así dijo y ahora sin redundancia; Ya sé, ya sé, el Bernardo que ahora se quiere un veneciano estadista o poco menos; Ou pouco mais!; sí, ése, Bernardón Bernardazo, bueno, pues a mí, a pesar de ese aspecto y de ser ese Baldón, como siempre me enseñaba un recogimiento antiguo y lleno de esperanza cuando no había atascos, o cuando estaba a punto de amanecer, o en invierno, en noches de nieve, yo no podía menos que buscarle algo, una amabilidad, ten paciencia, recuerda lo que fuiste, y ya verás, verás cómo vuelves a serlo pronto, alguna bababilidad así le buscaba, pero hoy,

–tía idiota, pero ¿dónde vas?,

–pero ¡tía gilipollas!

hoy, después de otra semana de nueve horas al día varada frente al terminal incluso los sábados, la amenaza de un puesto aún menos apostado y aún más diseccionado es tal, que también los sábados, pues después de otra semana así con sus minutos que suman tres mil doscientos cuarenta y cuatro sin una charla digna de ese nombre ni un triste vaso de vino porque sólo un sándwich y una botella de agua mineral en la cafetería de DOMUS con don Chus demasiado lejos y además dando él ahora también Menús Turísticos, y con las tardes que no apetece pasear porque todo Cartón, y todo colas, y si se te ocurre hacer cola para qué si tendrías que haber reservado la entrada con un año por delante, y sin puestos de libros en la plaza que valgan la pena porque lo mejor, las ofertas más atractivas, están en el Hiper, y con el primer remedio al fin decidido, así, a ver qué bálsamo, así lo único que le puedo buscar es recuerdo, memoria.

La de mirar sus olmos, que una plaga irremediable astilló, y verlos en su rehílo de secreteo de selva. La de llegar a los bancos de piedra rotos y al socavón ombligo de desgracia, y admirar los parterres de caléndulas que lo ocuparon luminoso año tras año. La de pararse bajo el héroe que, tuerto y a caballo sobre increpaciones obscenas, no pudo defender el lugar con su arte, con su presencia sin estruendos, y comprobar la obra solar fábrica de humano genio a la que animó el ingenio de las celestes vueltas. Y alguna noche, alguna haciendo ojales y tendiendo larga retrospectiva, la de soñarla en un sonho afigurado de los de Vieira, tan hermosa expresión, sonho afigurado, la de soñarla en uno, pero muy muy veloz, sin estancia ni demora, porque en seguida vendría a desabrochárselo el carillón de MULTIS, SOCIEDAD ANÓNIMA con su Pequeña música nocturna de Mozart en tachín zarzuelero, y presente, presente-bien presente sólo.

Sí, porque, Wolfgang, las cosas son como son, qué se le vamos a hacer; ¿y sabes dónde quedaría ahora mejor tu Es nada menos que un hombre?, no te asustes, ¿eh?, no te alarmes por lo que te voy a decir, eso ante todo, pero ¿sabes dónde?; en Bernardo, fíjate; ahora, donde quedaría mejor sería en Bernardo Justamente Torquechuscada Etcétera, él lo aprovecharía como nadie en alguno de sus innumerables discursos, Porque, Como Sabéis, Somos Nada Menos C' Hombres Humanos, Y Disculpadme Esta Redundancia, así es como ahora sonaría más creíble, mucho más que con acento ilustrado dieciochesco o actual, con un acento así, sonaría kitsch, y no te preocupes, porque no vale la pena, te lo aseguro; y, claro, ojalá wa-sa Allah Juan conde don Julián me sonara algo menos creíble el burrumbúm este de la esquina para el que ni Bernardo, ni taparme los oídos ni cambiarme de acera, y lo único es perderlo lejos cuanto antes, y hasta el lunes; este fanático.

El club Adam's Tentation abierto donde estuvo el pub, con su manzana de neón haciendo guiños ácidos fuera, y dentro, con sus pandillas que llegó a ver una tarde, y ya tuvo, con una, todas, eso me dije, y fue en marzo. El sor Juana-Frida Kahlo se le atrincheraba prevenido. En marzo, una tarde al pasar, me atacó una especie de interés, una curiosidad como las de antes, las de hace siglos, me dije, hay que verlo, quién sabe, a lo mejor; y bah, en el tiempo de una caña en uno de sus taburetes de capitoné sintético, bajo el burrumbum de un hit que machaconeaba, me gusta la paella para mí y para ella de puta madre, lo que vi es que nada había que ver, un antro; uno International no-Style con jugadores de pie en las máquinas, y, sentados, con una panda de neonazis de Luxe que bebían y coreaban el de puta madre de puta madre dando pánico y risa a la vez, o la panicrisa que a Fina se le ocurrió luego por la noche, pero que hicieron que, con ésa, todas, eso me juré.

Y eso volvió a jurarse: con ésa, todas. Eso se juró bajo un paraguas inútil porque ya no llovía, había dejado de hacerlo hacía rato, y sin ver cómo la ciudad, usando del poder de sus vientos, empezaba a renovarse en azules incluso allí, en su Banco, donde siempre veo a Matilde y su marido antes de que cerraran hartos de competir con el Hiper y de sufrir robos, cuatro aguantaron, uno dos tres cuatro, ya está bien, y luego, incluso allí, en los cedros, donde siempre veo la persecución de aquel chico por dos vigilantes Vistaflorida de los de tiro al aire al anochecer, y al verla, me acuerdo de que ya nadie se para aquí a estas horas ni te abre ninguna puerta sin haberte repasado antes bien las pulgas por la mirilla, y eso si te abre, que a lo mejor hace como Jimena que en su casa cuando tocan a su timbre Muerte del Cisne de El lago de los cisnes zarzuelero pregunta ¿quién es? ¿qué quiere? aunque esté viendo y sepa qué, y al acordarme de ella, veo a Damián en las vallas esas Mujer Sé Siempre Actual y Tu Hogar Debe Ser El Palacio Que Mereces que tapan el solar en construcción donde estuvo el claustro, que ahora está en el Museo de la Meseta piedra a piedra, y al verlo, los veo a los dos cariñosos, porque lo son, pero ahogados en cortinas volantes camillas y todos los bibelots que han comprado Art Decó e Isabelinos, ahora auténticos, y sin que puedan rescatarlos ni el Miró ni los dos Tàpies ni el Baselitz que, de lo auténticos, luchan por no ahogarse también y que ellos han comprado aunque no les gusten porque Damián dice que Ya tenemos tres mataderos y pronto cuatro y lo que hay que hacer es diversificar inversiones, eso me dijo el otro día, y entonces, al verlos, Alto!, já está bem, que cousa sao esses rangidos?; ¿esos rechinos?, ah, ésos dices, pues son la farmacia, la farmacia que, para que me entendáis, desde hace una semana a estas horas se pone armadura, y si le toca despachar lo hace por el hueco de la celada, ¿lo veis?; ¿Y ese hombre que nos adelanta?; ¿cuál?; Ese cabizbajo y con maletica negra; ah, ése, pues es un sprinter, uno de los que si van a pie a estas horas van por pies, y son correzigzags y sorteaobstáculos y tránsfugas fugidiços a los que se te ocurre preguntar por una calle o por la hora, y te gruñen parapetados en sus ce,

–tía, pero ¿tú estáss loca, o qué?,

y eso había sido un gruñido, ninguna duda. No un rechino más, un gruñido.

Había sido uno tan fuera de tono cuando iba a cruzar el bulevar, que, sobresaltada, salió del pensamiento, levantó los ojos y, enfrente, en la otra acera, vio dos chicos. Estaban sentados en el borde, y parecían tranquilos, charlando. Se pasaban un botellón de cerveza de uno a otro,

–oye tía, pero ¿tú estás biribi, o qué?,

se lo pasaban de uno a otro entre risas, y hasta ahí, normal, todo previsible, aunque no entendiera lo del biribi, no se inquietó, ¿por qué?, no hacía falta entenderlo, biribi, tía idiota, tía gilipollas, daba igual. Pero, de pronto, al sentir que las risas se hacían más agrias y ver que el más despechugado y gomoso la señalaba,

–tía, pero ¿qué pássa, te yueven las cagadas de los pájaros, o qué?,

al ver que la señalaba con el botellón soltando una gran risotada que, si de primeras fue asombro, en seguida el asombro fue ver que su paraguas parecía una extraña sombrilla de alienada entre toda esa luz igual de extraña que había alrededor deslumbrando sus ojos aún ciegos por su reciente intimidad,

–oye tía, ven, que tengo una cóssa guapa, ven a verla aquí,

al ver que después los dos soltaban otra risotada, y que el de la cóssa guapa se ponía de pie y, señalándose la bragueta, daba hacia ella unos pasos, y que su cuerpo empezaba entonces a aligerar sin que ella se lo mandara, corazón por delante, y que sólo la aparición de una furgoneta Tinte High Class hacía que las risotadas se fueran perdiendo paso a paso mientras ella no dejaba de aligerar y de espiar por encima del hombro a sombra de tejados sin fe ni caridad ni, aunque lo quisiera, esperanza, al ver que empezaba a perder aliento, y que ese aliento parecía perderlo otra, la del corazón, y que sus manos eran incapaces de atinar con el paraguas en su funda por más que pujara una y otra vez, al ver todo eso,

–hasta aquí,

al verme, me veo, y para qué más, cuerpo tiene razón, no hay quien siga; he esperado mucho, sí, pero hoy doy el primer paso, no es tarde; y lo que no voy a dar ahora es ni uno al Drugstore, claro, ni un paso ni medio voy a dar, y si en casa no hay más que galletas nueces y café, de sobra, a Ben' House ahora, vamos, ni pensarlo.

Es más, de pensar en los congelados que, de ir, escogería, y de entreoír la charleta que, de escogerlos, tendría que mantener con su dueño, el único hijo de don Benigno, de pensarlos y entreoírla, se le caían de golpe dos de las Siete Cosas, no, dos no, tres de las Siete Cosas se me caen, el Beni ese... un pitillo; el Beni ese plomo que siempre está ahí en la caja registradora registravigilando lo que sea y con su lengua de vecinabocina que cuando estás delante de los congelados tratando de elegir si monopizza o monomenestra o monomerluza en salsa verde o monoternera a la jardinera, cuando estás allí tratando de animarte con lo fácil que te va a resultar y lo poco que te va a manchar, –Listo para el horno–, –Llevar al fuego diez minutos–, entonces, él va, se te acerca, y, ¿Qué?, ¿Cómo Andamos?, zas, te quita las pocas ganas que lleves, la poca hambre.

El Beni ese, dueño de Ben' House, el drugstore, y también de tres restoranes repartidos de forma estratégica por la ciudad, Ben Uno, de Luxe, Ben Dos, burger familiar, y Ben Tres, burger juvenil, y que se le presentó muy vestido en DOMUS hacía cuatro años en la sección en la que trabajaba, Sección Gran Standing, le pidió un Dúplex de los que entonces estaban recién construidos y empezaban a promocionar, y, muy sonriente, se lo pagó diciéndole que, si le conseguía uno Especial, él sabría corresponder, y le guiñó un ojo. Me vino así, muy trajeado, me tiró unos millones que fue sacando de un briefcase de cocodrilo como con descuido, en fajos que hacía salir de la boca del bicho como un domador, un mago domador, me acuerdo, me los tiró así en la mesa, y me dijo en bisbis, Mira Mari, Si Me Aparcas Uno De Los Que Tienen Cajas Fuertes Y Cámara Para Pieles, Yo Te Haré Un Regalo De Vitola, ¡Por Éstas!, eso me dijo guiñándome un ojo y besándose índice y pulgar, y a mí me dio una rabia... pues mira, ahórrate la vitola porque te aparcaré uno de los que estén aparcables, le contesté muy tranquila pero con una rabia, un enfado, que, como si valieran la pena, ahora lo que me da rabia es eso, haberlos tenido.

Ahora, los lamentaba, un dispendio así de energía con tanta falta de ella en su debe. Ahora, con su abulia ni añorando el algo,

–el algo,

un algo que, al torcer por su calle, era raro que hubiera existido alguna vez, quizá es sólo otro sonho afigurado, quizá, con su abulia ni escuchando el eco de lo que aparentaba no haber existido nunca, ni tampoco asombrándose de su murmullo del todo perceptible entre el silencio de los chalés que de pronto empezaban a agolparse unos contra otros, adosados, como los vendieron en DOMUS, pero acosados, como los llamo yo porque a lo que me recuerdan en Luxe-Vistaflorida es a las hileras proletarias del diecinueve-Manchester, bah, con su abulia resbalando por el neodórico, posjónico y minicorintio de la Sede de su ex partido, que a ella le daba ya igual; Pero a mí no, a mí me sigue pareciendo, más que edificio, desedificación de adherencias; E a mim, de aderências que a quem alegam é um enigma por ter desbaptizada a linguagem; ahí sale Alejo; con su abulia ni distrayéndose en el portero vestido de Gran Canciller por sus vecinos cuando el barrio empezó a ser Vistaflorida, Es que ahora esto está subiendo mucho destándin ¿sabe usted?, me dijo el primer día que lo vi así,

–muy buenas,

–buenas tardes, Alejo,

con su abulia ni fijándose más de lo necesario en el Hall, en la entrada convertida por sus convecinos en Hall de alfombra, pergaminos, Esencias mesetarias en las paredes, y tresillo y camilla sujetos entre sí por cadenas, bah, con su abulia ni fijándose en el correo, seis hoy, ni en la colilla que apagó ni en el ascensor al que subió, y en cambio, fijándose por primera vez al llegar, cuarto y último piso, en que aquélla, su abulia, no era ninguna de las fantasías que se había ido fabricando, sino unos cuantos milímetros de más, y para qué, para qué engañarme.

Unos cuantos milímetros de más en el hoyo, y una cabeza un poco más perrito de Goya al llegar a su puerta, eso era. Así entró, decidiendo de una vez la clausura de todas aquellas fantasías que se había intentado crear en los últimos meses, y que no eran de uso, todas igual de inútiles.

Las creó para su desgana. Para intentar explicársela y ver si de ese modo le era más fácil aguantar, con alguna dulzura. Pero ahora le resultaban todas necias y todas igual de estúpidas, y fuera,

–fuera desperdicios,

estoy harta.

Porque intentó decirse, a lo mejor es por malcomer, o por dormir con somnífero, o a lo mejor si cambio un poco, si voy a algún sitio tranquilo sin Turismo que sea agradable y no muy mono, no demasiado, pero bah, sabiendo en el fondo, y muy bien, que no eran más que trucos suyos, de su cabeza intentando distraerle a él, a su cuerpo, y que a éste, en espera de los remedios, sólo se le podía distraer ya con viajes, con las muletas que le daban los viajes que hacía allá sentada en el cuartito a su pueblo, y si no con esos viajes, con no-acciones.

Con rutinas, lo más sencillas posibles. Como, por ejemplo, con el calor que desprendía la casa, tan acogedor. O, por ejemplo, buscando y encendiendo otro cigarrillo. O echando una ojeada al correo por si esa noche hubiera algo distinto, algo un poco ojalá wa-sa Allah, que seguro que no, pero como esperarlo no costaba y además no dejaba de ser otra rutina, a ver.

Tomó las cartas, vio que la primera era del Banco, y

que ésta es Mujer Actual, y que ésa Eleva Tu Standing, y que ésta Y Ven Al Paraíso, y que ésa otra Que Ahora Puedes, bah, y como el ojeo no le había durado ni el tiempo del baraje, y una, e iban cinco, quedaron rotas y arrojadas al cesto que, en la entrada, le servía de papelera, por cierto, los sábados rebosante, entonces, tras el ojeo, ¿qué? Rechazaba otras rutinas ya demasiado conocidas y ad nauseam, bien, pero entonces, ¿qué? Miró hacia el espejo, por mirar, vio que éste la miraba quieto como siempre y con su eterna intención de machacarla, tan eterna que era casi un viejo amigo, sintió una sorprendente atracción por el peligro nacida sin duda de su resolución, la de empezar esa noche los remedios, y decidió, con el cigarrillo, acercarse.

Decidió mirarlo de frente, la cabeza un poco más alta, y decirle,

–aquí estoy,

te estoy mirando, te estoy mirando a ti, yo a ti; y ya veo esta cara tan Jutlandia como siempre y un poco más abajo de lo que esperaba, en realidad bastante más abajo, ya la veo, y ya ves, no me importa, hoy no; ya veo cómo su boca y sus mejillas frente y nariz están un poco más replegadas que la última vez, no sé cuándo, sin que me haya dado cuenta y sin que un pómulo ni un hueso de star o de princesa africana de museo haya acudido en su ayuda para tensarlas ni tampoco pueda yo ahora inyectarles un chorro de frescura de la que tuvieron alguna vez porque ese chorro es presa tan imposible de cazar que cuando empiezo a rastrearla me la matas tú con este tono de acelga pocha y cruda que me enseñas en el que todo se ve como eco, frescura entereza, todo, lo veo bien, y ya ves, tampoco me importa, hoy no; ¿y sabes por qué?, y espera, que voy a subir un poco más la cabeza; ¿sabes por qué?; pues porque esta noche, si te fijas, hay un cambio; porque has resultado invisible implacable y todos los in o im que quieras como digno servidor de ELLA que eres a quien ELLA sólo ha enseñado a ajar deshojar sacudir y derribar hasta dar con todo y todos, primero en eco, y luego en Nada, has cumplido bien, pero hoy esa parte tuya del ad nauseam me da igual porque no me rindo, y se lo puedes decir a ELLA, no me voy a rendir, y, como no, hoy voy a empezar a aguantar a tensar y a tirar a mi modo, que es dejando de aguantar y de tensar y de tirar sin que puedas hacer tú nada para evitarlo, ya no puedes, y si no entiendes esto, peor para ti, que ahí te quedas,

–¡púdrete!;

¡Anda, ésta sí que es buena! Y ése era Gracián.

Te digo que ésta sí que es buena, porque, hablando como lo estás haciendo, en enigma, aún dices que, si no se te entiende, que a pudrirse, y nadie puede, créeme, empezar a aguantar dejando de aguantar... nadie lo entiende; sí, te creo, pero es que a vosotros no os lo decía, con vosotros aún no ha llegado el momento de hablar; se lo decía a él, al espejo, que es especialista en ecos empezando por el suyo, por el de él mismo que, con sus picotones y defectos, parece de una excavación perdida, se lo decía a él, y él me entiende, ¿sabes?, y ya estoy harta de ecos, sólo es eso; Bom, eco há sempre para todos cada dia defronte ao espelho; sí, frente a él, evidente, pero no me refería sólo a él; y agua,

–necesito agua.

Tenía mucha mucha sed, seguro que por el bocadillo de jamón salado que tomó entre las dos-dos y media y que le supo a Mar Muerto, Mar Muerto en sequía, e iba a ir a la cocina a beber agua, un vaso lleno, o mejor, dos llenos hasta el borde para inundarse y olvidar esa cafetería de DOMUS, que mejor no recordarla. En ella, lo único bueno son los precios, pagas con los vales, y todo te sale tirado, barato barato, es lo único, porque la comida, pagarcho todo, sólo puedes confiar en los bocadillos, y ni en eso, que con el de hoy, no le hice caso a la carta, y así me fue, Emparedado de jamón, ponía, y arriba, Salados, y es lo que era, literal, una loncha de Mar Muerto seco emparedada entre dos panes de adobe, de adobe, sí, no he comido nunca un pan con más sabor a tierra, un asco; beber. Dos vasos llenos de agua, y, en seguida, al cuartito.

En la cocina, se llenó el primero, que bebió de un tirón, después se llenó el otro, que empezó a beber más despacio, los dos sin dirigir ni una mirada al blanco surgido alrededor y que ahora sentía implacable, un intransigente sin piedad, y, con el segundo en la mano, se le ocurrió que podía añadir al memorial su rito, su pequeño rito de esas horas, quedaría bien, buena idea.

Un rito que, como todos, tenía sus pasos contados, cuatro. Cuatro bien atentos tenía. Respirar en espaldapecho barroco. Enfocar la ventana, en la que el estor se veía, como de costumbre, bajado para evitar el patio trasero del bloque de dúplex que habían construido allí casi pared con pared y que aunque siempre estuviera desierto, por si acaso. En el estor, encontrar todo tal cual, todo vivo ad líbitum: cielo, huertas, cultivadores, las cuatro pozas que habían desecado cinco años atrás unos hombres azul Purísima con DOMUS, SOCIEDAD ANÓNIMA/División Obras y Demoliciones en la espalda y en negro, las cuatro verlas verdirrebosantes. Y el último, encontrarlo todo, no como si lo hubiera vivido alguna vez en presente-presente, sino como si lo estuviera re-presentando en sonho afigurado, uno dos tres cuatro, y ya, calor-color.

Y antes de que se le enfriara todo, uno dos tres cuatro, y ya, al cuartito.

Allí, en el cuartito, era donde ahora vivía. En lo que antes fue recocina y despensa, convertido ahora en mínimo cuarto, no sabía si de serestar, pero sí de estar. Allí pasaba su tiempo libre sentada en uno de los aéreos aunque resistentes sillones de rejilla, frente a la mesa de castaño de la cocina, bajo un pequeño foco, y rodeada de un radiocasete, un cenicero, el diario del año en tonos ocres, el vídeo, un pequeño televisor, y estantes con unos pocos libros, los diarios, la carpeta, y unas pocas cintas, casetes y fotos de familia, ni más ni menos que lo que necesitaba, y allí, se dispuso a sentarse igual que se sentaba todas las tardes desde hacía un año más o menos, y a pasar las horas que de esa tarde le quedaban, no igual que las otras tardes, sino mejor, mucho mejor, con un remedio que iba a ser el más pequeño de todos, pero iba a ser una acción, no un eco, una auténtica acción al fin, y eso es un cambio, Juan conde don Julián, uno enorme.

Había que obligar a su cuerpo a que se sentara despacio evitando la fealdez con que buscaba hacerlo al primer descuido,

–así, poco a poco,

y así, sentada ya, qué gusto, qué bien fumar un rato abrigada y sin prisas, qué compañía.

Es que el humo, lo mejor, para cuerpo y para mí; porque ahora tengo que estar siempre pensando en él, el cuerpo, luchando con él, así tengo que estar, él, en cuanto me descuido, plam, a plomo cae, poco le importa que me pueda quedar barbillabajo y bocabierta, mejor dicho, no le importa nada, y no, hay que aguantar, ¡nulla ethica sine aesthetica!, pero él le trae sin cuidado, un pelmazo; Ya, ya te advertimos que tu mente, por lo suspendida, lo iba a cansar hasta el arrastre; Ou que ele, tão cansado dela suspensão, já não adiantaria mais; sí, me lo advertisteis, y qué no habría que decir, pero la forma en que lo hagan importa poco, ¿no os parece?; sí, el juego-trocadilho que habéis hecho, está bien, es ingenioso, pero si entre los dos, cabeza y cuerpo, hace meses que me están incordiando, que no es cosa de hoy ni de ayer, la forma, como comprenderéis da igual, a mí al menos, sí.

A ella, desde luego. Como también le daba igual el logotipo verde del sobre que aún no había visto, que de pronto vio, y que la llevó a verse cuando se puso de parte de la asociación de vecinos del barrio en defensa de las pozas, las huertas y los recién llegados que en ellas trabajaban, escritos, manifestaciones, panfletos redactados, enviados y hasta repartidos en mano, de todo hubo, y lo que consiguieron fue, nada, eso conseguimos. O como cuando se puso de parte de la asociación de DOMUS que defendía a unos compañeros que despedían, y lo que conseguimos fue, otra vez nada, tan nada que, si recordáis, a mí en un tris estuvieron de puntapié y a la calle, eso conseguí, ah, y menos mal, que, encima, agradecida tenía que estar de que no me echaran, Ay Mari, Mari, Has Perdido Tu Rumbo Propio Y Personal, Y Perdona Esta Redundancia, me dijo Bernardo, pero claro, tendría que haberlo previsto de tanto como me habíais dicho y repetido, ¿no?; Não, claro está que não, mas na vida há flores que nascem das pedras muitas vezes, a vida é como o xadrez, simétrica contrastante, e se de uma parte está uma cousa, da outra há-de-estar a contrária sempre; arriba, abaixo, dias de carne, dias de peixe, às claras, às escuras, e para os frutos, contrários meses no ano, tudo assim, e lá vai a vida!; ah sí, allá va, pero cómo va, eso es lo que hay que ver, en el caso de los frutos, ese Eclesiastés tuyo no va, ahora se encuentran todos en todos los meses del año, monofrutos; en el de las protestas, va en lo que ya he dicho, sólo sonhos; y en el de la cueva, que ése es otro, en que cuando escribimos al alcalde, bueno, perdón, al Presidente de Nuestra Nación Mesetaria denunciando lo mal que estaba y lo sucia y en peligro, conseguimos el asimétrico contrastante de que publicaran nuestras cartas mutiladas en el sitio peor del periódico del día peor, y la cueva se cerró, y después de llevar así tres años pendiente de cientos y cientos de proyectos y de expedientes y de jurisdicciones y dictámenes y estudios, ahora va a ser embalsamada para exclusivo disfrute de Ilustres Visitantes o de especialistas, y al lado van a construir otra igual para el Turismo, una réplica exacta, que formará parte de un Parque Temático, ya veis; Ta, ta, me parece que tú lo que buscas es una quimera; no, una quimera, no; Sí, tú quieres que todo se trastoque del cuadrado de lo feo, a lo redondo de lo hermoso, y eso es una quimera; oye, que no, que no quiero eso, y además, vaya quimera, todo monorredondo y monohermoso, qué asco, no estoy tan vieja fin de siglo; Pues tu modo de discurrir parece propio de desengaño al uso del Mundo, que, como sabes, siempre es torpe por tardo; ah, muchas gracias, muy amable, y mira, torpe, puede, es más, retorpe, pero tardo, ahí te equivocas porque el segundo ya no tardará, lo sé, el segundo, que es también el tercero porque los dos van juntos, ya están cerca los dos, y cuerpo también lo sabe, y no nos vamos a rendir, él tampoco.

A pesar de todo, aún seguía confiando en él. Confiaba, aunque, para hacerlo, fuera preciso andar conteniéndolo sin desmayo mañana, tarde y, sobre todo, noche, y noche tras noche, agotador. Pero aún lo hacía, y contenerlo quería decir tensión, mantener la tensión. Iba a tener que moverse un poco haciendo cualquier cosa, lo que fuera.

Iba a tener que ir del cuartito a la cocina-y vuelta, y otra ida-y vuelta, y más idas-y vueltas aprovechando para conversar con él, y hacerlo sobre el rechazo del juego-trocadilho de ellos dos, que, además de darle igual, no era cierto. Y no lo es, porque la lucha esta que llevo, no es lo peor, agota, sí, pero no es lo que me hunde, al contrario. Encendió otro cigarrillo. Al contrario, porque si los dos, cuerpo y yo, si nos venimos haciendo guerra una en terreno del otro desde hace casi un año, esa guerra es la que nos ha dado aguante, tensión; a mí, no queriendo renunciar a Fina, a la esperanza de su arreglo, y a cuerpo, sintiendo esa esperanza como un verdadero tóxico del juicio, y protestándome cada noche más. Esa noche, ya estaba allí.

Mírame. Así le empezó en la forma en que lo hacía cuando llegaba de DOMUS. Mírame: no tengo ninguna enfermedad ni achaque físico, no tengo tumor ni infección ni accidente, nada, pero en cambio sí un achaque inmenso de ti que eres los tres juntos, mírame obligado a pasear aquí otra noche como una alimaña, con el impermeable y el paraguas y el bolsón pesan,

–eso es verdad,

era cierto, aún no se había quitado uno, y aún cargaba con los otros dos. Se deshizo, pues, de ellos, y otra vuelta. Mírame aquí sin el impermeable ni el paraguas ni el bolsón pesando pero cada noche más hundido, y dime, dime a qué esperas, si es a ver quién puede más, por favor, otro concurso de esos que dices odiar tanto esta vez entre nosotros, qué mal gusto, y si es a una inspiración celestial para Fina o a una de Talía o Melpómene por decirlo en tu famoso verbo barroco, vaya broma, no cuentes conmigo, a estas alturas y ya que no nos vamos a rendir, viajes, sólo viajes, convéncete.

Si en el pasillo, al que ya salía y ya estaba recorriendo con pie quebrado de Hospital, si ni en él le era posible olvidar otro eco, el de la tripa en la que aún me duele el apéndice que hace más de tres años me quitaron, es verdad, y si ni en el baño, al que ya entraba, si ni bajo el grifo-punto rojo podía apreciar ya el calor hasta que, de tibia a caliente y de caliente a hecha humo, el agua escaldaba su piel y se la dejaba como otro eco amoratado apto sólo para el sayón y los botines caseros que se puso, gruesa franela oscura en uno y lana doble y la más doble que pudo encontrar en los otros, si ni siquiera eso, entonces a qué esperaba, Ya no aguanto, así le decía en única y monódica conversación, Ya no os aguanto ni a ti ni a Fina, conmigo ya no contéis, eso le dijo esa noche, firme como nunca.

Sin embargo, esa noche su protesta se suavizó. No puso trabas a desplegar cierta agilidad de vuelta a la cocina, y allí aceptó preparar con cierto gusto la sustancia que, por no haber querido ir a Ben' House, era la única con que contaban, nueces, galletas y café, y, con eso, a viajar. A él los viajes le gustaban mucho, siempre estaba más tranquilo, callado, y además, el de esa noche no sería otro cualquiera, sería un arma, el pequeño revólver para luego, de ahí su suavidad. Aunque no su silencio.

No, silencio no, porque a ver si te entra esto en esa cabeza, hoy vas a empezar de una vez, muy bien, ya era hora, pero tienes que seguir, no puedes pararte, porque mírame: aquí en la cocina metido en este sayón que, con el calor que hace, casi me asfixio; y sacando del bolso el Somnotil que me harás tomar para que duerma y calle, el Somnotil del frasco que hemos comprado esta mañana; y viviendo aquí en el cuartito de tres por dos con el radiocasete que ya me guardas en un bolsillo para que su música del día entero, o, como dice, la de Veinticuatro Horas De Música Selecta, sea nuestra única compañía sonora; y con tus treinta o cuarenta favoritos como única compañía manual sin ningún lujo oriental porque los re-visitas y re-visitas aquí en el cuartito y no en la cama ni en el dormitorio donde ya no hay quien pare del follón; y con los otros treinta o cuarenta del vídeo como única compañía visual porque ahora tú sólo buscas también lo que más te regala el gusto; y con el liberty en el que me haces apuntar sólo mojamas, y los auricuchismes estos que me pones para no oírme y para hacerte la sorda; y la colilla que ahora en el cenicero hace no se sabe el número; y llevando al fuego una cafetera con un café que habrá que tomar amargo sin leche ni azúcar después de haber no-comido en DOMUS más que otra porquería de las de a diario; así, mirando todo esto, dime si no tienes; tienes que seguir, después de esta noche, hasta el final; así, aguantaré; oye, ¿y qué ha dicho?,

–¿ha dicho Salinas?

Eso le pareció oír en la radio, Francisco Salinas, sí, pero a ver quién se fía,

–su padre Juan tesorero del emperador Carlos Quinto lo dedicó desde temprana edaz al estudio del arte de la música dada su profunda afición y su condición de indiven de invidente lo que,

pues sí, es Salinas, oí bien, o, bueno, se supone que lo es, porque, la verdad, verlo ahí en el locutor como en el retrato que le hizo Pantoja y que el Tiempo pinta cada vez más maravilloso, es muy difícil, que el Tiempo también pinta pero sólo cuando se le fuerza lo hace bien, ya sabéis; pues verlo ahí ciego y sobrio frente a su teclado vertical, igual de sobrio, con la salmodia de esta voz aburrida bien cebada y bien embalsamada ad nauseam, la verdad; y me apetece; y como me apetece, comida.

Como quería repintarlo ad líbitum después, cuando la voz callara y alguna música permitiera la imagen, preparó unas cuantas galletas y nueces en un plato, retiró del fuego la cafetera que ya empezaba a jadear, y, con todo en el cuartito, se sentó, Somnotil enfrente en el sitial de solemnidad de la mesa, maldiciendo una noche más esa esperanza que la obligaba a resignarse a una, una píldora sólo en vez de las treinta que quiero y bye bye au revoir auf wiedersehen y hasta la vista nunca, al pasaje subterráneo que Montale me recordó hace poco, eso quiero, y maldiciéndola después a ella, a Fina, por ser la autora y mantenedora de esa esperanza y de esa una que, obligada otra noche, debía tomar. Una que no hará bellos sueños, ni será esfuerzo, ni pasión saciada ni siquiera olor ni sabor ni color porque ni eso tiene, una gris sola a secas, y hasta que no os pueda liquidar con el segundo y el tercero, pudríos las dos, y tú, Fina, empieza a no contar conmigo tampoco desde hoy, porque desde hoy, se acabó. Eso le dijo, firme como nunca, mirando la carpeta en la que dormía el plácido sueño de los justos bien dejada y bien inocente, mientras ella, un Somnotil, y a aguantar,

–pero hasta hoy;

ya no hay retraso; aunque es verdad que la primera vez que lo compré tuvo gracia, Som-No-Til, me dijo en la farmacia la señora; y el café, qué rico está, bien

bien caliente, así es como de verdad es café, regla de oro, así es como te regala su sabor, color y espesura, la frialdad y el café son incompatibles, al menos para mí, soporto que esté templado, pero el frío no hace más que debilitármelo, no digamos ya el hielo; en cambio al té, le va muy bien, un té helado con limón en agosto, buenísimo, pero al café, un crimen.

Café caliente bebió, pues, muy muy caliente. Medio vaso largo, y medio de otro medio luego, y a sorbitos.

Pues lo que os decía, que hay que reconocer que la primera vez tuvo su gracia; cuando se puso a silabear en la receta la farmacéutica, creo que era la dueña de la farmacia pero no sé, cuando se puso toda silabeante como uno de esos Academicones que empeñan su vida en Adecuar el Real Diccionario de la Lengua a la lengua real, que con tanto peso Ellos de bandas, títulos, chaqués y medallas no me extraña que tengan que andar siempre así, Adecuando, bueno, pues aquel Som-no-til que al fin sacó y me vendió después de cachearme con su mirada ortográfico-ortópedica y tan de cabo a punta que, caray, ¿tendré la peste?, pensé sintiéndome africana asiática americana gitana judía maketa o charnega todas a una fuenteovejuna, aquel de Esto Es Veneno, Y Para Dormir, Nada Como Alimentos Nuestros Porque Esto Es Droga Y Crea Adicción, tal como me dijo, ése es el que tuvo su gracia, entonces aún no estaba cuerpo en el hoyo, aún no, justo ahí fue cuando empezó a hundirse; ah, y luego, el Posbrujo que me lo recetó, otro que tal, no hay que olvidarlo, que ya ni cobarde puedes sentirte, ya no, porque empiezas por no poder recibir Cursos de Perfeccionamiento, sigues por ir descendiendo de despacho en despacho sueldo en sueldo, y acabas por tener que fastidiar a un Posbrujo con tus cobardeos, que, dado el número de enfermos de valentía que le aguardan, deberías guardar para ti ya que It's your business, como nos dice el USperio, que no es más que el Imperio nuestro de cada día y que nos lo den también hoy por favor ya que Imperios siempre hubo sempre ha y, como me temo que siempre habrá, más vale malo conocido que bueno por lo que sigue, y además, más vale Nueva York y Billie Holiday y Charles Yves y Cole Porter y Faulkner y los blues, y esto, el tabaco este que es también US, y amén, y que así sea. Y no dudó en sacar otro pitillo y encenderlo. Ahí Tiene, me dijo el Posbrujo tirándome la receta con la sonrisa esa que lleva puesta y que él debe de pensar que es amable pero que en realidad descubre lo que es, embalsamación, pues con esa sonrisa me la tiró, no sin antes haber apuntado en mi expediente, historia 18.835, datos que ya me había preguntado y ya había apuntado allí antes, más el Somnotil nuevo que me acababa de recetar y que nunca me había recetado y nunca había apuntado allí antes, historia 18.835, y luego, con la receta ya en mi mano, me dijo, Ahí Tiene, Y Tómese Usted Una Píldora Media Hora Antes De Irse A La Cama, ¡El Siguiente!; y yo me levanté y me fui, qué iba a hacer, me retiré discreta como me gusta, y aunque pensé, ¿será excatrón?, aunque no puede evitar pensar, ¿será excatrón y parapoco y esforrocino alguien que se pasa como él los días preguntando lo ya preguntado y olvidando lo ya apuntado y tirando así recetas?, aunque lo pensé, salí a la calle discreta y sin protestar, pero cuerpo, no, cuerpo empezó ahí a dar la lata mientras empezaba a hundirse camino de la primera farmacia que me saliera al paso, que me salió en seguida la de la ortopédica, y en la que, previa firma y previa muestra del carnet de identidad, 40.384.720, al fin me dieron las treinta que quería anti-mil y una noches sin playas ni acantilados ni bahías ni oleajes, como debía ser, treinta y a aguantar discretos, que eso quería, aguantar sin estorbar a nadie, y nada más, y sólo eso, os lo aseguro.

Mais nada querían. Sólo que, entonces, la música hizo acto de presencia, y a su impulso, el cuartito le estalló en acantilados, playas, bahías y oleajes como no debía ser, y a ver quién podía negarse, con café aún templado, a ver quién. Yo, no.

Ella, abrochó ojales Humboldt, Díaz del Castillo, Malaspina, y ahora también Vasco de Gama y Rodrigues Ferreira, para, en medio de acordes de espuma de mar océano, empujar a su cuerpo a que la siguiera.

Animarlo a que, sin emplearse, oliera en el humo a incienso, a que avanzara por el cuartito como felina por crucero, a que admirara en los estantes las vidrieras de una catedral, o de una iglesia donde el aire se serena y viste de hermosura y luz no usada, Salinas, a que tomase asiento en un banco de los de atrás y cuanto más atrás mejor, y a que, en fin, entre puntos de fuga, arranques, desarrollos, impulsos de altura irrefrenables en tustes, bóvedas, arcos, cimborrio y cúpula, a que casi tocara esos versos de fray Luis a una música honda y moral que debió de sonar como ésa, como la que sonaba y que ahora conocía bastante bien, o más que bastante, ahora conozco muy bien, porque ahora voy mucho a las iglesias. Tres sorbos largos en otro medio vaso, y fin, fin del vaso, fin de la cafetera.

Ahora, en cuanto estamos molidos cuerpo y yo de concursos, nos vestimos, salimos a la calle procurando no mirar mucho alrededor, elegimos una iglesia, una que nos atraiga, claro, que hay donde elegir, la exploramos a nuestro aire quedo quedito y paso pasito en atrio, portada, arquivoltas, capiteles, torres, espadaña y también nidos de cigüeñas para encontrar cada vez detalles distintos, detalles escondidos como un pequeño apunte herético, un fresco erotismo, una estrella peregrina de David, un delicado signo del Profeta, todos quebrantando con su libre humildad Concilios, Reformas y Contrarreformas, luego entramos y visitamos su silencio, eso lo primero, un silencio al que le decimos, qué alivio, y él nos contesta, ¡bienvenidos!, luego pasamos a su altar mayor y sus capillas en las que Berruguete, o los Juni, o Martínez Montañés, o el Maestro de las Clavellinas, o un desconocido anónimo o algún Fernández dolorido nos saludan, y nosotros a ellos, luego trepamos por las nervaduras y tendones de piedra hasta la luz que no deslumbra única porque se reparte dilatada en colores, luego escuchamos las glosas de órgano nacidas en oscuros y húmedos recovecos de cabeza para que se alcen allí al alto aire seco y oloroso, y luego, salimos entre el rumor de nuestros pasos y el de otros, más el de toses y carraspeos, salimos a la calle con una templanza en invierno y un frescor en verano que ayuda, y que nos ayuda a volver aquí al cuartito, y hasta otra.

Hasta otra muy cercana quería decir, porque ahora, además de a las iglesias, iba a la catedral. Iba allí, sobre todo en navidad y algún día perdido, y, después de admirar su conjunto y la frágil cruz que, arriba de todo, prestaba al volumen y al peso ingravidez, después de repasar su fachada, con sus labores logrando el prodigio de que la cantidad se resumiera en calidad y el abigarramiento en síntesis, después, se acercaba a la puerta en la que un órgano y unas voces ofrecían calurosa invitación, que aceptaba, gracias, de verdad sois irresistibles, después, empujaba una de sus hojas entre crujisaludos buscando en seguida un banco atrás y aparte, cosa fácil porque no hay más que alguna señora vieja y recién llegados de América, Europa, Asia o África que están allí sentados o de pie como cualquiera, al menos allí, aunque para otros muchos la cosa cambia porque, ya no allí, sino ni siquiera en Sinagogas o Mezquitas pueden al estar embalsamadas y no habilitadas para el culto Tal Como, Cariño, Debe Ser Porque La Oración También Es Gold, pues después de entrar y de buscar un banco, se abandonaba entre acordes, sahumerios y destellos que a duras penas pervivían, para rescatar un estremecimiento próximo al sentido ante alguna ópera extraordinaria, alguna vieja china, o japonesa No, o Falstaff, o Lulú, o don Giovanni, o Tristán e Isolda o también La serva padrona, ante alguna cualquiera de ellas, hasta que el estremecimiento se le hacía calor de corazón producto de la fiesta y del drama, o de un drama que, de tanto ser dramatizado, se puede disfrutar si se quiere, vivir como gozo y como fiesta, y yo así lo quiero, porque eso es lo que puede ser, ¿verdad?; Isso é, a festa do templo; Sí, la celebración, mas para que en verdad lo sea, dom António, convendréis en que hace falta palabra; Ah, naturalmente, para que seja completa é necessária uma voz, e não só na época nossa em que o púlpito transformou-se no último baluarte da liberdade de expressão e a palavra do orador atingia todas as camadas sociais, é necessária em todas, porque é sempre bem que a filigrana das imagens, a cadência das palavras e a sensual ornamentação dos conceitos completem os finos prazeres de luzes, velas, música, estátuas, pinturas, aromas, reflectidos de oiros, pratas, pedras preciosas, sedas e tafetás, já que as razões não hão-de-ser enxertadas senão nascidas, entrando-se na alma tão naturais.

Entrándole tan atrayentes como las de un superverbo que sólo podía gozar en él, o en Gracián, o en alguno de sus veinte o treinta, esplendor inagotable, y esplendor que allí, frente a los verbos que escuchaba en sus visitas, aún sentía más esplendoroso, porque aquí hay un fallo, y hay que reconocerlo, aquí, en general, griseces, y, muchas veces, infras, rollos nada festivos de pospredicadores o de neocomediantes de pantalla, da igual, pero infraverbos; Má cousa!, má digo, porque na comédia o rei veste como rei e fala como rei, e se o púlpito é teatro e o sermão comédia, os pregadores, sequer deviam fazer bem a figura e dir as palavras com o ofício ao menos!; pues sí, al menos, pero es que estos de que te hablo, los infras, lo hacen así, ¿sabes?, desengáñate, lo hacen con oficio, lo que pasa es que ese oficio no es el de sembradores, sino el de recolectores en metálico, y todo en unción rutinaria y no extrema, y todo entertainment, claro.

Todo, y por eso, cuando iba a las iglesias o a la catedral, procuraba hacer oídos sordos al sermón, y se concentraba en olores, destellos y sonidos que a su templanza y frescor les convenían para poder volver al cuartito, y así, como dijo, hasta otra, no esperaba más. Y podría. Con un cigarrillo entre los dedos, lo pensó, podría.

Después de tantos años como llevo, once, dos unos juntos, y teniendo en cuenta mi constancia que já é pertinácia, podría, no quejarme, pero sí protestar como él, como cuerpo, y pedir un poco de vuestro gran aire barroco, voz que es voces, recursos sin límites, fluidez honda, adornos que nunca son superfluos, podría pedir algo para ella, para Fina, y a estas alturas no sería mucho pedir creo yo; podría esperar un poco de vuestro rigor, que es sólo estético, y de vuestro equilibrio entre juegos especulares para ella, para ajustarla lo que le hace falta, que es tan poco, y esto no sería mucho pedir me parece; pero claro, para qué esperar, yo soy yo, y yo, hace un año, aún. Galletas, humo, nueces, de todo reunía. Menos café.

Yo, hace un año, cuando acabé el bloque y lo leí como si fuera novela, sí, de acuerdo, vi que tenía despegue, y vuelo y tensión, y hasta juego especular, lo vi, y estaba contenta, pero luego, también vi al final que los diarios se me habían quedado algo cortos, que les faltaba un poco de material, y que eso, aun sin estragar la historia, le quitaba el equilibrio que yo quería, y la disminuía que era una pena, al menos para mí, esto no es, pensé, por esto no he estado trabajando tanto, pero descanso unas semanas, y después la arreglo, que es cosa de buscar un poco más de presente para los diarios, para cada capítulo, y es fácil, puedo hacerlo, eso pensé, por eso entonces, hace un año, aún, pero entonces a cuerpo le dio por el hoyo, y tuve que concentrarme en él, en sostenerlo, todas mis fuerzas a él; ah, y hablando de diarios, ¿qué se ha ahorrado hoy el liberty al haber yo decidido su fin?, porque ése es el primero, dejar los diarios, ahora ya lo sabéis, ¿qué podría apuntar, a ver?; para variar, mojamas, o endriagos, qué si no; podría poner que el día lo ha pasado DOMUS en mí, y no yo en DOMUS, lo que, como veis, es una gran novedad; o que esta mañana en la neoemisora mesetaria Bernardo Justamente y Etcétera dijo Que Tú, Uropa, así volvió a decir, Tú, Uropa, Justamente Te Vas A Mirar En Nosotros Ahora En El Presente Aztual, Y Que Se Me Perdone Esta Redundancia, redundancia triple por cierto, Ahora En El Presente Aztual, se superó, aunque él parece que no se dio ni cuenta, lástima, Bernardazo; o podría poner que, hablando con Esperanza de su próxima jubilación, me dijo que ahora es cuando va a empezar a vivir con viajes a Bali y a El Caribe y con barbacoas hulahups y bailes de disfraces, y que debía yo animarme porque cada año me iba quedando menos, y nos lo merecemos, así me dijo, fijaos; o también, que al bajar al bocadillo, vi de lejos a Mario Diptongo Líder Nacionalista marchar a la cabeza de esa manifestación que han organizado con esa banderita del medievo que ahora dicen que es la Nuestra De Verdad, y que él agitaba tan feliz como una tiza un tonto, y no es maldad sino simple observación, porque así iba, como un pavo festivo, qué se le vamos a hacer; o también podría, que los plazos y al contado de los Tudor-Normandos-Eduardianos-y-Cortijeros con Piscina Caribeña que he dejado almacenados en el programa de ventas del mes, ya vuelven loca, marean, no sé cómo él no explota y hecha humo el pobre; o también que, ah, hombre, y éste es el mejor, atención, podría poner que en la misma neomisora mesetaria oí lo que se puede considerar una primicia, escuchad, que vale la pena, y me não lembrava y casi me olvido, y menos mal que no, porque esto es un endriagazo de los buenos, oí Nuestra Hora, así, como lo oís, oí que ya tenemos Hora Mesetaria, que es la general como comprenderéis, la que ha habido aquí siempre y la que hay en todo el país según mundial acuerdo, pero que desde hoy va a venir así, Mesetaria, y conviene irse acostumbrando, cuatro eurekas; Pero vamos a ver, ¿de qué Hora se trata, de hora propia?; sí, eso, propia; E como?; ah, pues muy fácil, diciendo que Ayer En Nueva York Empezó la Reunión Del Consejo de Seguridad A Las Trece Horas, Que Son las Dieciocho En Nuestra Meseta, así de fácil, ¿qué os parece?; ¡Que no me parece!; Ah, quanta vaidade!; sí, delirio estúpido de vanidad, eso es; pero bueno, se lo he ahorrado al liberty, y es lo que cuenta; café.

Había que hacer más. Y sobre todo para él, para su cuerpo, que ya se estaba impacientando, y con razón. Entre recuentos y memorial, eran las doce y media, y no había empezado aún nada, ni el remedio ni un viaje, nada. Café, uno muy caliente. Luego, un viaje, y después, el primero. No tardaría ya.

Su cuerpo. Si se hubiera podido contener un poco, hacer algo más suave el reconcomio que con tanto empeño almacenaba. O si hubiera intentado luchar contra él o aguantarlo generoso en vez de dedicarse a guardarlo de día para luego soltárselo por la noche estropeando la hora en que ella se empleaba en hablar consigo según correspondía a su edad, estación de madurez, si lo hubiera hecho, qué gusto, un verdadero apoyo. Pero no, seguía incansable, y, además, en un tono cada noche más desentonado. ¡Vaya un empeño! Así le siguió, con café nuevo en el fuego y remedio a punto y todo.

Vaya un empeño tonto el tuyo, fíjate, me has cargado con un peso que elegiste de joven, y de la juventud, como te ha dicho muchas veces don Baltasar, no se debe fiar una nunca porque es de vidrio, pero tú lo has hecho, y me has cargado con un peso de cangrejo ermitaño que lleva a cuestas una casa, en vez de acogedora, aplastadora, sin darme a cambio el gusto suficiente de vivir, de haber vivido y sentido más, que es lo que ahora no puedo perdonarte, porque yo era hermoso, yo merecía, cálido, sin aristas, proporcionado, yo deseaba, y si ahora tuviera una compensación... si ahora tuviera la del amor... si tuviera la de regresar aunque fuera a una sola noche... o si al menos, fíjate, si al menos tuviera la de haberle hecho a él saber algo de este negro-preto deseo...

Así le estorbaba hasta el corazón aumentando palabras a medida que reducía exigencias, y aumentándolas con las de los protectores que ella más trataba de evitar por serle de las más dolorosas, sin que, por eso, él se le compadeciera un punto. Al contrario, Porque, que não haja de ter o meu amor, não só a satisfação de pago, mas nem ainda o alívio de conhecido...!, ¡y que tu frente, de tan cerrada, no arranque sino un secreto podrido por callado y por escondido...!, él me sigue así una y otra noche afilando su monotonía y su redundancia, que él sí que lo es, redundante, y en lo peor, con saña, y afilándolas hasta dejarme insensible, que ya es el colmo; porque vaya un conversador estás hecho, contigo ni charlar se puede, cero, te has vuelto mono; rondas sólo una reja morbosa que no conduce a nada porque no lleva a ninguna parte, y sirves sólo para desenterrar carbones, no tesoros, carbones, como lo cansados que estamos y las no-comidas que hacemos y el estado absurdo en que nos encontramos y cosas así, y después pasas a machaconearme que eras hermoso, y que si él, el Emmanuel profético, se casó con Virginia, quien logró que él, el encarnado verbo, se aplicara enamorado a lo que nunca en su vida pensó, a cerrar la tiendecita y a abrir en la urbendriago una de Luxe, que si eso fue así, no fue por ti, tan proporcionado y tan cálido y firme y etcétera, sino por mí, por esta cara redonda de labriega hija y nieta de labriegos y esta cortedad de pueblerina hija y nieta de etcétera, y en esa verdad te ensañas una y otra vez como si alguna vez te la hubiera discutido, cuando nunca lo he hecho, es más, creo que te he dicho que puede ser muy posible, y cuando es una verdad tan vieja y tan fea que, hacen falta ganas, porque, aparte de que no da conversación, a ti no te ayuda, y a mí no me hace más sabia ni me apoya ni me acompaña porque lo que quiere es enquistarse para volvérseme hedionda y carroñosa y gusarapienta porque podrido queda, amor, ya lo perdido, y lo que tendrías que hacer es dejarla donde está, en su laberinto, y hablarme en variedad, no en verdad, que maldita falta nos hace a ti y a mí, hablarme en conversación deberías, incluso podrías ayudarme a hacer algún sonho afigurado,

–buenas noches señoras y señores, a las doce en punto de la noche les vamos a ofrecer las noticias puntuales de la aztuali,

el café ya sonaba. Ahí delante se expandía su ronquido cubriendo las llamas de gas, unas llamas blanquiazules, mientras dentro de ella, en su cuerpo, las de su Incendio Negro y Oficio Tenebroso ahí se expandían abrasándola como el primer fuego del mundo sin que nadie se lo pudiera aliviar, ningún amigo por mucho protector o mucho treinta o cuarenta que fueran, Manuel, y entonces, cuando apagó el fuego,

–ayer en Detruá en el congreso de nuevas comunicaciones que se inició allí con,

entonces, cuando retiró la cafetera y enfiló hacia el cuartito, sonrió, no por el viaje que de inmediato iba a hacer, sino por lo que acababa de decir la locutora. Que lo merecía, una sonrisa amplia.

Lo acababa de decir, Detruá, y eso para ella era un gran cosmopaletismo, es uno de primera, y además, nuevo, nunca lo había oído, y además, al no tener ya que apuntarlo, hasta me conmueve; sí, conmueve, en esta emisora que se anuncia de Música Universal Para Melómanos, no hay forma, su incapacidad es tal, que dice Míljaud por Milhaud, Lúyi por Lully, Gustavino por Guastavino, Pour quoi se révéler por Pour quoi se réveillier, Así habló Zaratrusta... en fin, y luego, cuando quiere decir algo bien, Detroit, lo dice así, Detruá, a estas alturas políglotas del veinte, conmovedor; pero como ya no tengo liberty, el viaje.

Como ya estaba libre de ese peso, con la ayuda del humo y de sus amigos de aventura, iba a hacer uno de esos viajes que ahora le resultaban mucho más prodigiosos que los de cualquier ciencia ficción por torcer LA FLECHA sin más truco de oficio que el de hacer ojos-ojales, e iba a plantarse en un segundo en su pueblo para desenterrar cofres rescatando los tesoros que guardaban, y que, en regreso estancia y demora, le eran más valiosos cada vez, o eso decía. Y lo son, lo digo porque lo son; son valiosos al no ser ecos sino apoyos, tanto para mí como para cuerpo que, otro tesoro, al viajar se calla, y lo son más cada noche, porque al sacarlos siempre traen reestreno, y lo que guardan parece que estuviera aguardándome, a punto para mí, y hoy, si queréis, podéis verlo.

Los invitaba a abrochar ojales, a llegar en un segundo al pueblo, a excavar un poco, o más bien a escarbar porque el esfuerzo no hacía falta, y de entre los cofres que al momento surgían, a abrir uno, y ahí tenéis, sorpresa. Se lo enseñaba invitándoles también a café.

Ahí tenéis; hoy es el ópalo de su tiempo al compás de los hombres; y los zafiros de sus problemas del tamaño de los hombres; y la perla de que éstos se remonten en comunidad, en común interés, o mejor, las perlas, porque ahora, al encender este pitillo y espantarme esa pavesa de la manga, el fuego de rastrojos que se infló un día prendiendo el cobertizo donde padre guardaba animales y aperos se me ha vuelto a inflar, vuelvo a ver a los vecinos ayudando a sofocarlo y después a construir otro que, una vez listo, padre mira sonriendo y nosotras, Jimena y yo, riendo desbocadas, y todo eso es plural, perlas; unos problemas que a veces superan el tamaño de los hombres, y entonces se afrontan como eso, como hombres, en destino, y elevándolos a tragedia tantas veces, éstas, brillantes; Y que tienen mucho brillo, no cabe duda, el pueblo es viaje al que siempre te animé, pues, como te dije, propiciaba el reconocimiento, pero haciendo en él estación sólo, un ratico de cuando en cuando, y sin dejarte atrapar por la fiebre de su heno, o los viajes se te convertirán en pillajes, por no hablar de lo mal que suelen casar persona y pueblo; ah sí, casan mal, aunque ya no deberían con satélites, autopistas etcétera, pero casan mal, y por eso me fui, y por eso no vuelvo más que al de los tesoros, al de los siete años; porque mis viajes no son esa enfermedad que dices, al pueblo voy para explorar, no para que se me caiga la baba, y voy y vuelvo cuando quiero, libre, sin peligro a que él me sujete o me atrape; y tampoco son Turismo, porque siempre voy sin guía ni programa y acompañada sólo de mis amigos los filibusteros; y tampoco encuentro siempre tesoros, muchas veces saco carbones tan feísimos que hay que tener coraje para no volverlos a enterrar, gangas horribles como el abuelo de Olalla empeñado en resolver a tiros querellas del tiempo de Matusalén, o como doña Ester, ahogando al hijo recién parido, decían que de un viajante, y aunque la desmintieran sus ojos en los que le brillaba la ternura del mundo cuando la detuvieron y ella iba erguida y tan digna en su traje negro y con su boca roja recién pintada. Tan esbelta como un soberbio cisne ante sus ojos cuando bebió hasta el fondo el vaso y lo llenó otra vez. No son nada de eso, no; tampoco zarzuela, que puedo husmear el muermo aquel de polvo de milenios que formaba su pátina; ni PosMazurca Biedermayer, al sentir en más de un cofre toda su mezquindad, su estrechez; ni tampoco NeoVirgilianada, porque siempre me escondo de sus rayos equis; y ni siquiera NeoSacralización de Hortalizas, no, Baudelaire, no presumo de estar tan fofa, claro que la ruindad y la crueldad están allí, dónde no, pero lo están sin rutina ni logorreias verborrágicas, y además conservando, como todo allí, un poso que... encendió otro cigarrillo, un fondo de,

–en ese lugar fue donde se encontraron hace un año las fosas de más de trescientos cadáv,

lo están guardando un fondo de misterio, de suerte, no, mejor un misterio de suerte, de azar, eso, sí, conservando ese misterio, y así enseñando respeto, enseñando como a bajar humos, ¿sabes?; Ya lo creo, y ahí sí que estoy contigo, un poco de humildad es cierto que sería gran cosa; ¿verdad?, extraordinaria sería, y un poco de pudor, también, sin embargo, yo abrocho los ojos hasta hacerlos dos rayas amarillo de lince, y, mirad, puedo encontrar la que quiera; puedo desenterrar la humildad de los cantos antiguos de cuna, fiesta o siega; y la de un pájaro sencillo anunciando lo extraordinario, sí, sí, la humildad de un vencejo anunciando un verano prodigioso, Juan conde don Julián, te lo aseguro, prodigioso; y la del sacrificio hecho sin pasar minuta; o la de los frutos del esfuerzo plenos y anónimos como los de un barroco bodegón; y la del ágape sin podio ni discursos; y la de un pequeño regalo;

–y la del amor.

La que se apresuró a reenterrar para no sentirse presa de él y de querer hacerlo, Manuel, siempre siempre con él, Emmanuel, humildad que hoy parece reservada a unos cuantos cobardes pudorosos, porque para los demás, follar, tirarse y joder; así que no deberían casar tan mal después de todo, porque el pueblo enseña a emplear los seis sentidos vivos, los seis, el sexto es el del misterio, y así los seis aprenden a revivir después sin emplearse; mientras que aquí,

–en las diecisiete jornadas ecologistas donde se ha puesto de manifiesto que la reserva de animales sal,

aquí, Reservas, Parques Temáticos, Viveros, Invernaderos, Ciudades Patrimonio de la Humanidad, en fin, Pasen, Señoras y Señores Turistas, Pasen Y Vean Cómo Se Leía Un Soneto Perdido De Carrillo Y Sotomayor, O Cómo Se Escuchaba El Amor Brujo De Falla Y No El PosBrujo Que Ustedes Conocen, Y Aprovechen, Aprovechen Señoras Y Señores Turistas Este Silencio Que Sus Auriculares Les Proporcionan, silencio que, para qué recontar, ya no adorna ningún recreo de patio de colegio, rehabilitado para visitas concertadas con guía y previo pago de tarifa turística, y silencio que, como han espantado el follón y las bocinas de los dos bares más el pub que han puesto allá delante en la calle y que compiten en bestialidad cada noche pero más las noches de un viernes como hoy, ViernEspanto, y las de un sábado como mañana, Sábado de Escoria, así, a ver, FLECHA se lo habrá robado, claro, quién si no.

Por eso, ahora vivía allí, en el cuartito, alejada de la calle y de lo que, desde ella, atravesaba el patio de monjas y la había obligado a poner dobles ventanas en los cuartos para intentar protegerlos, lo cual lograba a penas, por eso, sólo prestaba ojos a sus treinta o cuarenta manuales o a los sumarios de las noticias, cada uno, por cierto, más crucificador porque cada vez parece menos de personas el querer saber lo que pasa en el mundo, y por eso, sólo prestaba oídos a sus otros treinta o cuarenta musicales o a la radio que, en esa emisora, en general podía escuchar con gusto, y en la que, de golpe, acababan de decir Granados, de anunciar sus tonadillas, y ellas sí, ellas seguían hablándole en regreso, estancia y demora, y en la voz de esta universal superdiva que, según dicen, las va a interpretar, aún me hablarán mejor;

–Enrique Granados y Campiña nació en Lleida en mil ochocientos setenta y seis y murió en mil,

ah, pero hasta que termine el DNI este, otro cofre, este de aquí pequeño.

Ese minúsculo que estaba casi perdido, y que iba a explorar como ahora hacía con todos, guardando, que eso antes no lo aclaró, y era importante.

Antes no os lo expliqué, y como siempre viajo sin vosotros, sin ti, don Baltasar, que sólo quieres que haga estación en él de cuando en cuando, y sin ti, dom António, que te apegas tanto a lo da superioridade do presente sobre o pasado y a lo do progresso constante do saber, que a ver quién te invitaba o te invita a venir, cualquiera, pues como siempre viajo así, no sabéis cómo lo hago; y, para empezar, no voy sola, no, voy con Silver, Flint y los Corsarios Rojo y Negro juntos, Yolanda yo, y luego, los tesoros que aparecen, en vez de regalarlos, me los quedo y me los guardo para que me ayuden en los malos momentos, así es como lo hago; Ya, pero es lo que te digo, que tus malos momentos suman meses, y así no veo qué provecho obtienes de esa ayuda;

–ah, pues las muletas,

creí que estaba claro; los apoyos que, tan ligeros como parecen, no sabéis lo que aguantan; anoche saqué unos de lo más apuntaladores; Ontem à noite dizes?; sí, ayer por la noche; ¿Y cuáles fueron, vamos a ver?; pues primero fue el germen del invierno, encontré que el germen del invierno está en un escalofrío de agosto; y luego fue el valor y el temor que vi amarilleando, sólo que uno en sequedad, y el otro en humedad pegajosa, o por lo menos yo encontré un espantor que era sudor-légamo; y luego fue el hambre, el hambre, que no es oscura como siempre creí, sino cegadora de luz y de relámpagos; y luego el manto de la Inmaculada de Murillo, sí, el de la Purísima que decía madre, y que si flotaba sobre nosotras desde la estampa de nuestra habitación como un espía celoso hasta de nuestros sueños y susurros, Dormid tranquilas, les decía su madre cuando entraba a signarles las frentes con el pulgar cada noche antes de retirarse, Dormid tranquilas, que la Virgen os lo vigila todo, pues que si ese manto flotaba como un ojo panóptico de azul severo Escorial, azul Soult, la cruz de madre no era vasallaje sino amor, protección de su entraña, y defensa que me olió a ristra de ajos o a espejo en el que me vi más nueva, más trino y colorido; y luego encontré la sonrisa de madre abriendo el mundo; y un pájaro que maullaba mejor que un gato sin enseñanza humana; y también un buey azul sobre un tejado, sí, sí, oís bien, un buey tan natural encima de una casa adosada a una elevación de terreno por la que había subido una noche de luna azul mucho antes de que me lo hiciera subir allí Milhaud o Chagall, muchísimo antes; y luego una caricia de padre con la ternura primera de hombre que se pierde para siempre al crecer, adiós, oscurecida desaparecida; y luego el llanto como tormenta y la tormenta como ejecutora de unos cambios que, sin que lo notaras, te dejaban en verano o en invierno, con suavidad o con furia, según; y la última fue el desprendimiento y el amor, vueltos purezas tan impuras como el odio y la envidia, puras impurezas, y entonces, al sacar todas esas minucias en momentos que me olieron a verde húmedo estirándome y que ni siquiera os puedo explicar porque no sé, me haría falta un superverbo, entonces, todas me hicieron sentir una felicidad primera de olor, color, sonido, sabor, tacto y misterio, y todas me enseñaron que aunque sólo puedo rozarla momentos y éstos ya no me van a rescatar, por lo menos me ayudan, ah, y me compensan, que eso es tan importante o más; Entonces, te conducen por el camino opuesto al de Fina, Fina, apoyándose en esos tesoros, o si no en ésos en otros parecidos que le has regalado, logra al fin resucitar, digo, está sólo a falta de un tirón muy ligero para hacerlo, piénsalo; ah, y lo pienso, ¿qué crees?, lo pienso muchas veces, pero no son los tesoros los culpables, es la esperanza esa maldita, es LiendreFina, que así es como tendría que haberla llamado, Finapulga o Finachinche, que, después de haberme chupado todo el jugo, no hace más que exigirme ese tirón para quedarse ella siempre viva y tersa y siempre ad líbitum como una puta Emma Bovary que es, y perdonad, pero no soy yo quien la llama así sino Flaubert, y como para mí ella es lo mismo, pues lo mismo, puta Fina, y qué se le vamos a hacer.

En sus ojos una cosa blanda, ay no, blandenguerías ahora no, en sus ojos dos brillos que, para que se disolvieran, iba a tener que entretenerse en algo, en otro cofre, puesto que el repertorio de rutinas estaba muy gastado y, quitando el pueblo, no sabía dónde ir, y, al encender un cigarrillo dispuesta ya a escarbar, el algo se le presentó, no en forma de cofre, sino de Granados, de sus canciones, que un piano introducía ya, y en las que aún podía haber latido, palpitación.

En esas hermosas tonadillas de aliento lo bastante perfumado como para no pretender ser populares sino cerner lo popular trascendiéndolo, con respeto y en un lenguaje propio y de su época, en ellas, aún podría haber. Y desde luego, en las que la Superdiva Universal ejecuta, en éstas no, y ni siquiera el humo me va a ayudar, porque lo hace en el peor sentido del término, a garrote vil; vaya un des-Granado; sin amor, sem fineza, no es capaz de intuir que, de lo pudorosas, siempre van a esconder su sensualidad a quien como ella las violente con este tono clonado de lunares y este majismo by Multinacional y estos gritos de prrronunziazión turística insufrible que para ella serán, seguro, Esencia típica nuestra, sin recordar que lo típico es lo opuesto a lo verdadero esencial, y que además, en ella, en una mezzo joven de prestigio y fama urbitorbi, resultan irritantes, porque tanto así-nos-vieron-un-siglo-y-así-nos-seguirán-viendo-por-los-siglos-saeculorum-amén, aburre hasta la muerte, porque a saber por qué; a saberlo, sí, con Davillier, Merimée, Richard Ford y demás, todavía, qué se le vamos a hacer, pero desde entonces ya ha llovido, y tronado, y ahora a cuento de qué; Pois a razão que a mim me ocorre é a eterna, os homens amam as cousas como as imaginam, só querem ouvir o que pensam e pensar o que ouvem, para não ter que interpor juizos com dessoutras subtilezas, e estar sempre contentes de si; ah sí, o, en castizo, por lo Cómodo, por lo difícil que es siempre lo de al lado, cosa que, por cierto, lo acabas de decir de forma estupenda, fantástica, y lo dices desde hace tres siglos y medio nada menos; pero sí, es por lo Cómodo ad nauseam, que ahí, donde estáis, ver que después de todo lo que se ha vivido y escrito y analizado y debatido y fabulado y denunciado, ver que lo sigue siendo un siglo detrás de otro igual y a aguantarse tocan, debe de resultar, no guadienesco, no, horrible, una verdadera condenación; No, resulta vida, vida que hace de cada ser un don único, y con tales dones ya se; sí, sí, con tales ya se sabe, no sigas, pero volviendo a este de Granados y para no perder nota, al ser don de arte, o, como dicen, don culto universal, en una universal mezzo culta así, insisto en que no tendría que,

–Porque Hay Kousas Ke Konchescho Y No Siemprrre Ka-a-an-chando,

pero bah, tiene, se acabó.

Sólo quedaba achicar el volumen ante una desmesura que, en sus oídos, golpeaba como las parodias que de los pueblos hacían allá, en la urbe endriago, donde el grito y la desmesura campan en endriagoberrido, ya sabéis, y después, una vez bajado el volumen, sólo quedaba aconsejar a la universal y culta que, sin pantuflas, la acompañara en un viaje corto por favor. Uno muy corto, no debía preocuparse. Era tan sencillo. Callar, chsss, llegar en un segundo, abrir juntas el pequeño cofre antes sacado, y escoger, sólo escoger humilde por favor.

Que escoja a madre en silencio horas y horas fija en los campos de trigo hasta que sus ojos se impregnan de la misma vieja intensidad, y cuando le pregunto, madre, ¿por qué está tan callada?, que la oiga, No estoy callada, Mari, es que no hablo contigo; y si no, que escoja a Tayo. Que escuchara al pastor decirles en sordina a su padre, su hermana y ella que no había nada como su trabajo porque, dando abrigo y alimento, en él podía estar con todo, Todo está con uno, le dice a padre pasándole su bota, ¡Y hasta uno con uno!, nos dice a los tres cuando ha hecho hablar el vino en su garganta, y ahora, después de haberlos escogido-preguntado-escuchado, que se atreva a seguir berreando, eso ella, y tú, don Baltasar, que me digas si ésos no son reestrenos; porque lo son, son tesoros.

Muletas poderosas, como la que, antes de cerrar el cofre, sacó en forma de pulpa de agosto rojo-fuego y sin embargo llena de frescor, o como la del color rescoldo que adopta la sierra en octubre para caldear compasiva un poco más, o como la de la matanza, violencia que nunca es gratuita, o la de la lluvia obstinada y sin olor que en invierno sumerge a las gentes en sueño de deseos para que la otra de primavera venga a despertarlos despertándoselos en ese mes tan cruel, ya Eliotabril, con la delicadeza de los nidos y de los colorolores que no tienen pretensión de durar, ¿y como esa que apareció de pronto brillando y que no quiso ver y apartó, la nieve?, pues como ésta, no, ésta, al fondo, porque es verdad que cae sin peso de ruido ni de olor ni color en nieveleve, y que muy temprano de madrugada me hace ver los seres en sus huellas, entender por qué dos suaves hendiduras a saltos son gamo, y por qué una curva en trazo primordial e igual de suave no puede ser más que serpiente, y por qué los pasos de un hombre son los de Adán, y es verdad que todo eso me lo hace ver, pero cuando aparece, siempre la dejo ahí en su quintaesencia, porque ahora, no sé, ahora me da frío.

Un cigarrillo. En el tabaco, en su lumbre, su desgaste, su polución, sus cenizas, y su colilla chupada, manoseada y después rota y sucia en el cenicero, encontraría otra quintaesencia. Y un raro tesoro del presente-presente, que eso también.

Pues sí, en el tabaco hay quintaesencia de calor, de vida, sencilla si queréis, pero para mí bastante exacta; se consume rápido, mientras se consume da placer a la vez que destroza, regala encuentros presentes y pasados, aficiona, envenena, mata, y, después, se desvanece, humo, quizá un débil rastro en las paredes y en la ropa de los que más te han rodeado que, con el tiempo, se desvanece también, eso es todo, ¿hay quien de más?; ya no puedo aguantar el blanco más que aquí, en los pitillos, en el resto, es una exigencia que me echa para atrás, o un empuje que a cuerpo le quema y a mí me hiela, pero que en todo caso es vuelo, y como lo que necesito es apoyo y agarraderas, no lo trato; Sim, é bem nao confundir a qualidade das cousas com o embaraço das situações, o branco não é luz quieta de cor senão irrequieta que mostra, e porque mostra, obriga; justo, obliga, y yo quiero viajar, bueno, quiero quitarme pesos, pero mientras, viajar, el blanco no es tesoro y, si recordáis, hace unos meses lo apunté, puse en el liberty que ahora me quema-hiela en una figura de esas monstruos de la verdad de las que a ti, don Baltasar, tanto te gustan, un oxímoron, así que ni eso, ni apuntarlo queda.

Y si hablaba de apuntes, ya era hora. El pequeño revólver para liquidar el primer peso de tener que llevar un diario por las noches que cada noche le apetecía menos llevar y al que cada noche dedicaba menos espacio, el ocre de este año no llega ni siquiera a un tercio, imaginaos, ¡un tercio!, el pequeño revólver ya estaba a punto, total, el liberty no va a hacer más que ocuparme sitio aquí en el cuartito acumulando polvo y peso y ruido de letra muerta, que lo hace, la letra muerta hace ruido porque palavras sem obra são tiros sem bala que atroam mas não ferem, para que me haga eso, fuera, ya nada me puede servir, ¿no?

Sin esfuerzo, llevar el bolígrafo por el primer espacio limpio del ocre, y dejarlo correr así, espontáneo, libre de cuentos y recuentos. Cosa fácil.

Siete: Hoy, mientras iba a DOMUS, he tomado la decisión de empezar con los tres por la noche, hoy con el primero. Esto es lo último que voy a escribir. A partir de ahora, en espera de que los otros me parezcan igual de fáciles, viajar. Porque éste me parece hoy eso, muy fácil, es raro, pensé que sería casi heroico en vista de lo que me costaba, pero ahora lo que me parece raro es no haberlo hecho antes.

Liquidado, un punto, así de fácil. Y un cigarrillo para celebrarlo, qué menos.

Es que el humo se le había hecho imprescindible a cualquier hora, incluso en sueños fumaba. Y no porque hubiera reemplazado a la música. Ni porque ésta fuera menos compañera de lo que fue, era la misma, de hecho, una de las incondicionales hasta el Somnotil, la radio lo probaba. Pero es que el humo era aparte.

El humo es amante; dejarlo que me entre poderoso pero sin violencia, y que me inunde, y que me estremezca y que luego me salga libre así, eso es un gozo tan condenado y tan insano, que se ha vuelto más placer que nunca; es un veneno como los del Mitrídates aquel de doña Lola, fabuloso rey de Ponto de los siete años, que a dosis de uno diez veinte cuarenta y sesenta actos de amor al día, bienvenido me entres, y bienenvenenada me dejes, nihil obstat; contigo, y en tu nido marrón de hoja que parece seca, rescato una humedad de sol y sal de Corsarios que poco tiene que ver con la seroja cecina esa que a veces me visita y que ahora estoy viendo pudrirse al lado de un quiosco prehistórico queriéndome tentar, y no, seudodescifres de que cada año pesa igual que un siglo, y cada siglo pasa igual de sigiloso, y en cada uno idénticos desengaños se cuentan sin cuenta porque ELLA es siempre la misma aunque se la piense en cada siglo especial y en éste, y como no podía ser menos, más especial aún porque en este siglo ¡Atención, Que Vivimos un Tiempo Histórico! como nos dicen a cada rato los Historiadoristas del Minuto, mojamas así, no; Sí, ¡buenos están éstos, los del Minuto!, con su marear al Tiempo todo el tiempo, al pasado como Lázaros, al futuro como Oráculos, y al presente como Dueños, Historiadores de Pincel es lo que son, no de pluma, ¡y algunos, de Escoba!; E quanto mais longe, tanto melhor!, que se nestes ultimos ouço tantas vezes dizer que digo o que nunca disse, sendo a dita descrepância como a dos botões, que basta errar-se em um para ficarem os mais fora da sua casa, naqueles, nos do pincel, começo a falar com voz polida requintando finezas, lisonjeando precipícios, derretendo cristais, desmaiando jasmines e outras mil indignidades destas, e há tal tirania?; pues no, no la hay, a los de ese lado de allá... bueno, qué os voy a decir, sólo que a menudo os tratamos como a judíos gitanos africanos moriscos y demás, y en lo que pueda a mí tocarme, que me não pretendo excluir deste número, perdón, perdonadme los atropellos, pero podéis estar tranquilos, que ya se encargan vuestros superverbos de rescataros; en cambio yo, sesenta.

Ella, nariz y boca para que el humo le entrara bien, le llegara al fondo del estrado que se había ido construyendo en paciente y artesana taracea desde que, a escondidas de su madre, empezó a levantarlo, se buscara allí un sitio junto a los protectores y los diversos treinta o cuarenta, y le dijera de su parte al de honor, antes vacío y ahora usurpado por la esperanza, que no se impacientara, que ahora, más ligera, seguro que iba a poder liberarlo pronto con el segundo, quizá dentro de unos días, o de una semana, quién sabe, desde luego, muy pronto, paciencia; Sí, pues si este segundo es como el primero, vaya un remedio, piensa que para eso que has dejado, el descifre, es para lo que hemos venido al mundo; Decifrar é o que faze aos homens pessoas!; no, a mí no, ya no; E a promessa?, pensa que se não conhecer é nosso destino, há momentos divinos de compreensao que são promessa; no, para mí no, ¿la promesa de pasarme aquí quantas horas vivo como escrevo, igual que dijo aquel dom Francisco Manuel de Melo que, por cierto, nació el mismo año que tú, dom António, y escribía en vuestras dos lenguas tan natural?, no, gracias, dejarme aquí la vida como una negra sin logr, Eh, eh, que modo de falar é esse?; ¿éste?,

¿cuál?; Essa maldade de como uma negra, parece-te bem?; ah no, bien no, es verdad, lo siento, pero tampoco exageres, que sólo era un decir; Só?, pois hás de saber que o meu rosto, moreno carregado, e os meus olhos, bem pretos, são duas das herenças da minha avó mulata, sim, mestiça pelo lado paterno, e destas, das heranças, e tanto da preta como da branca, nem quero nem quise fazer nunca injúria ou presunção, senão humanidade, o simples azar de nascer homem, para que vejas!

Para que viera un gran pedruscón y se apresurara a retirarlo como Sísifo, por más cuesta arriba de papel que, en bloque, panfletos, diarios o cartas la sacaba de sí, pero que no era excusa, no lo es, y perdóname, por favor; Bem está, mas por papel é quase impossível haver-se de explicar e satisfazer a tudo, é um imtérprete mudo que só mostra o que leva escrito sem poder responder, ouvir ou arguir, e quanto às cartas, se com cada dez se emendara um poquinho o mundo, com as eu escrevi, mais de setecentas, já o mundo fora santo!; ay, no, que no es eso, dom António, con vosotros es que no hay quien pueda, hacéis de vuestros desengaños gozo verdad y superverbo, y no hay quien pueda; pero mira, el café está frío, ni templado, frío del todo.

El café se le había debilitado en vaso y cafetera, y necesitaba otro bien caliente para pensar. Cuanto más planeado y preparado todo, más habitual, más posible. Y ya que debía encender el gas, buen hábito el de observar el medio del que pensaba servirse para el segundo. Que lo tenía muy pensado.

Lo tengo muy muy; y será aquí, en este fuego blanquiazul que parece helar más que quemar, y que invita a la destrucción, a la extinción eterna; porque no se parece nada al cálido rojo de los siete años, el de la chimenea, las hogueras, el hogar, los cuentos; no es tesoro; en cambio es muy parecido al del infierno del libro aquel primero de Religión en el que infinitos condenados se cocían dando alaridos en peroles gigantes, que era tan blanco y tan azul, que parecía quemar aún más demostrando aquí el dibujante que sabía muy bien lo que se estaba haciendo, un experto, y que seguro que quemaba tanto, que a mí, por las noches, zas, pesadillas, tremendas pesadillas; porque yo era una pecadora; ah sí, yo mentía en casa, le sisaba alguna vez a la abuela, deseaba más de una vez la muerte de padre, ¡ojalá te mueras!, ¡muérete ya!, ¡a ver cuando te mueres!, lo deseaba muchas veces, y me veía cociéndome en un fuego igual dentro de un perol vigilado por El Señor de los Fuegos Eternos sin poder salir, y, horror, para siempre, Que si tu alma no está libre de pecados y culebras, cuando quiera Lucifer la llevará a su caldera, así decía una estampa con El Señor de los Fuegos vigilando los peroles cucharón en ristre como si fueran estofados, ollas podridas suculentas, y así me veía yo estofada en uno hasta el fin de los tiempos sin remisión; la Eternidad, menuda cosa... Pero a ver, ¿vosotros sabéis qué es eso de la Eternidad, qué quiere decir?, nos preguntaba en clase el cura,

–sí, quiere decir que para siempre,

contestábamos muy convencidos y muy teólogos; Para siempre, así es, pero a ver, ¿sabéis qué es eso de para siempre?; y como aquí la teología y la convicción se nos esfumaban y nos quedábamos pasmados, él se ponía de pie y, muy solemne, aclaraba, Para siempre quiere decir que no se puede ni medir, ni contar ni pesar, eso es la Eternidad, y cuando vayáis a pecar, pensadlo; pues estas llamas son como ésas, y, muy calladita, haré de Señora del Fuego, y evitaré que quede otra huella más de torpeza en el mundo, algo es algo; ¿Cómo?, ¿quemar el bloque, ése es el gran segundo?; exacto, ése es; Pero ¡bueno!, ¿hay tal cosa?, ¿es que buscas tu propio Auto de Fe?; no, creo que más bien busco lo contrario, mi propio Auto de falta de Fe; Tanto da, los diarios, al menos los vas a conservar, pero el bloque, quemarlo ahora es desatino; E grande!, é temerária loucura esperdiçar tanto travalho; Antes considéralo, mujer, en lugar de tanto memorial, aprovecha para hacer luz al desengaño, tarea primera de la vida, como sabes, haciendo luz al de tu obra, El Desengaño, hazlo ahora, y no mañana ni dentro de unos días o un mes, ahora mismo, considéralo ya Fina, las dos juntas, y, si no con una relectura, sí abriendo mucho los ojos interiores que, bien empleados, siempre hacen ver, y si no es así, si después aún persistes en tu idea, los vuelves hacia nosotros antes de quemar nada, ¿estamos?; Entrar dentro em si é sempre um bom princípio, mas com tranquilidade, que os homens se persuadem mal a crer nas cousas muito desejadas, e a cualquier sombra já tomam o céu com as mãos magoando-se, esta vez faz com vagar, e tenha mais paciência o corpo, não seja tão estreito de coração!

Considerarlo ahora, esa noche después de un año, y

ya, sin hacer más viajes, en fin, no es que le sedujera mucho la idea, y con Fina, menos. Se había ido convenciendo de que no tenía arreglo posible, arreglo a su gusto, y lo único que deseaba era acabar con la esperanza, nada más. Y esto lo quería hacer bien, sin prisas, dueña de sí. Con lo que tenía que dejar hecho, bien hecho. Y esa noche no se encontraba preparada. Aunque, claro, cuándo lo estaré; quizá ésta sea la forma de empezar, considerarlo para desengañarme del todo, al fin y al cabo no es trabajo, no es lectura, y si no, qué voy a hacer, radio y Somnotil, sólo eso; y no tengo sueño, y el café está a punto, y hay silencio, y de todas formas ya había pensado alguna vez echarle una ojeada antes de las llamas, ¿por qué no ahora?, siempre será un adelanto.

Entonces, bien, consideración. Hecho el café, volvió al cuartito, llevó la carpeta a la mesa, sacó de ella el bloque, y se dispuso a aprovechar ese silencio que en toda la parte trasera de la casa había a cualquier hora, y que parecía un foso mandado hacer de encargo para lo que ellos dijeron, los ojos interiores. Aunque un foso alimentado por el descuido, eso es lo malo, no por el reposo o la tranquilidad, por el abandono; con todas las cocinas preparadas para Grandes Gourmets pero sin nadie que quiera luego trabajar en ellas por serlo, o por gusto, o por el solo gusto de dar gusto, toda esta parte parece siempre convento, ni una canción, ni una risa, ni un olor a café o a pan tostado por las mañanas, ni un murmullo de niños por las tardes, cocinas embalsamadas sin otro signo de vida que alguna televisión a lo lejos, pero por eso hay silencio, y por eso vivo aquí; bueno, y aquí estamos las dos, Fina, frente a frente; ya no me voy a dejar embaucar por la apariencia esta tuya tan mosquita muerta de yo no he hecho nada y yo no tengo la culpa, sé que encubre esa forma de esperar tuya tan egoísta y tan de a ver qué haces porque tú me has empezado Ordeno Y-Mando-Y-Programo y ahora tienes que Rectificar y Aliviar, sé que encubres eso, y ya no me engaño, no espero nada, prepárate. Ella lo estaba.

Título: El Desengaño. Dedicatoria: Para Baltasar Gracián y António Vieira, mis amigos. Y ahora, a partir de ahí, Primera parte, Primer capítulo, otro cigarrillo. Que tenía muy presente lo que hacía un año la historia prometió y luego no dio.

Porque así fue; la historia prometió, y además desde su mismo arranque; desde que la empecé a leer, este empeño de Fina de enfrentar un presente gris que registra noche a noche en diarios de verbo amargo, por medio de un pasado para ella luminoso y que registra también noche a noche en hojas con otro verbo más rico en juegos y reflejos, este empeño me pareció, no sólo un buen principio, sino un enganche que tironeaba de mí para que, en vez de abandonar, fuera fiel a su tensión, despegue y vuelo, y lo fuera en olvido, que eso es lo que más me impresionó; que lo fuera en olvido de cuánto tardé en romper aquí, después de que pasó unas hojas, de cuánto sudor me costó que este orden no me empezara a dar Órdenes; en desdén de cuánto gasté aquí, después de que pasó otras cuantas, de cuánto para que los contracompases me gotearan libres, libertarios; en desprecio de la lucha que tuve que llevar siempre contra unas transposiciones que en cuanto me descuidaba se me retorcían en jueguecitos huecos, en vãos trocadilhos, y en distancia de cuánto gusto me dio el mundo que poco a poco iban construyendo escrito y diario, y que, al abolir el obsceno sombra/luz y recuperar el poder que siempre tuvo la noche, el de barro azulNovalis misterioso, me atrapó, hizo de mí una lec,

–buenas noches señoras y señores, a las dos en punto de la madrugada les vamos a ofrecer las noticias puntuales de la aztuali,

de la nada, te apago, y también este pitillo, no humea bien; pero sí, hizo de mí una lectora atenta menos al final, en los dos capítulos finales en los que ya empecé a ver el desajuste, y en el último, en el que ya lo vi completo y, si no estragador porque la historia se podría haber dejado tal cual y habría funcionado, sí disminuidor de Fina y de todo el esfuerzo, capítulos que ahora veremos, claro.

Después, cuando llegara a ellos vería, porque de momento, en la mitad del bloque, lo que iba a hacer es una pequeña pausa para un poco de anís, y para música, música de alguno de sus treinta o cuarenta, como Vivaldi, Händel, Correa y Rameau, empezando por este último, Rameau, Jean Philippe y su Pygmalion, fatal amour, y entonces, sí, ya podía seguir.

Podía volver a ella Fina, que, con marido siempre ausente, un fantasma como pone aquí, con hijos aburridos fuera de casa y también en casa, dos no-presencias como piensa aquí, con un trabajo que le da igual en un mundo por el que arrastra una pasión que nadie quiere, o al menos... a ver, tomó una página y luego otras hasta que encontró por fin las frases, y del fuego este no sé qué hacer, creo que nadie lo quiere, eso dice, páginas que dejó en el montón de su izquierda, ya muy crecido,

–fatal amour, cruel vainqueur,

pues esta Fina, un día, al empezar a sentirse una imincisorde, que es su anajaván de alguien vuelto impalpable-insensible-ciego-sordo-y desabrido como dice... bueno, qué más da, el caso es que ese día, y para no llegar a serlo, decide ponerse a anotar cosas, recuerdos, sueños, paisajes y verbos de gentes que ha conocido o de las que ha leído u oído hablar empezando por las suyas, por las de su familia, y si al principio se mantiene fiel a su memoria y a su tiranía, pronto empieza a serle infiel con otras cosas, y otros recuerdos, sueños, paisajes y verbos de gentes que no ha conocido ni sobre las que ha leído ni oído hablar, y una noche se da cuenta de que eso que está registrando ya no es registro sino escritura, placer que anima sus diarios, que son también cada vez más escritos, y de que eso forma un orden con vida propia de novela, que es justo lo que me pasó a mí con ella hace un año, con Fina, cuando al terminar de leerla vi que respiraba sola como si estuviera vivita y coleando y su desajuste no fuera más que defecto mío, simple instructora notaria relatora o lo que diablos queráis, pero como si yo fuera casi olvido, y sólo eso, fijaos; Sim, já me lembro, e um pouco de orgulho bem poderias sentir; ya, sí, un poco, y es lo que intenté decirle, oye, oye, baja esos humos, que tú eres mía y a ti te he escrito yo, pero como viste, y como podrás ver, ella quiere que sus virtudes sean sólo suyas y sólo míos sus fallos, así que ni ese poco; Ah, pois na relação entre os escritos e os diários há génio-engenho, há um vaivém plástico que deleita e um espelho que ensina e move, função obrigatória de qualquer verdadeira literatura, e isto não é cortesia, não é adular-te as orelhas.

Un placebo que agradecía mucho, muito obrigadinha, dom António, pero, ¿sabes?, como el desajuste ya está aquí, otro descanso, y además, ya se me ha ido Rameau.

Rameau se le había ido quedito y pasito y sin hacerse notar, como solía, para dejar espacio a otros amigos, a Vivaldi quizá, que era otro don Antonio, y con él viera si afinándose un poco el gusto como los gourmets entre plato y plato, ella gurmanta de anís, de humo y de la Primavera de sus Cuatro estaciones, para que viera si surgía alguna luz aunque fuera tímida, algún leve resplandor, lo que pasa es que con este Vivaldi, muy difícil, con su Primavera no va a poder ser, porque veo una vaca, lo siento, hasta ahora no me había dado cuenta; y sí, ya sé que él siempre va a vivir en primavera aunque lo agarre el invierno como dice el indiano del Concierto barroco de Carpentier, ya lo sé, pero desde hace unos meses a mí me lo ha agarrado la vaca de Para mantequilla divina la de Pardina Muuuuú con su tono zarzuelero, y no va a poder ser; lo que tiene que aguantar el pobre; si pudiera Poder,

¿sabéis qué haría?, redactaría un Decreto para que estas Cuatro estaciones estuvieran, de cada veinte años, diecinueve restringidas a los conservatorios y las salas de concierto a ver si así las podíamos reestrenar una nota; y, puestos a Decretar, pues hala, redactaría otro para que también lo estuvieran la novena y la quinta de don Ludwig van, y de don Wolfgang Amadeus la número cuarenta, no la cuarenta sinfonía que dice la radio, no, la número cuarenta, y junto a ella su Pequeña música nocturna, y luego, hala, otro para que también el adagio de don Tomasso Albinoni más la bachiana número cinco de Villalobos, su aria, más don Manuel Falla completo menos su Concierto para clave y su Retablo que aún tiene algo de brillo, y luego... bah, luego, tanto Decreto me va a hundir.

Además, al bajar la vista se había topado con Correa, y él sí, él sí era apropiado esa noche. Con él, no hay vacas, suerte, toco madera; ¿De quién hablas?, ¿del gustoso Correa y de su destreza?; sí, del Correa de Araújo de apellido tan peninsular, Araújo-Arauxo, de él y de sus Tientos para órgano, que os gustan, lo sé, por eso los elegí. Entre dorado y azul, allí estaban.

Allí entró ese nombre tan bello como impreciso, Tientos, ahondando en lo mejor de su edad pero en conversación y a diferencia, barroco, y allí sus toques, tanteos, guías y contrapasos esforzándose por que el instrumentorquesta, el órgano, lo fuera de verdad en profusión, derroche, vuelo, voo, y allí sus pulsos, desperezos, corretonos, buscarregistros y quiebros cerniendo tentaciones en exceso tentadoras con arte de cortar superfluidades, cercear demasías, estreitar escessos, buscar cadencia, queda e caso, y allí sus glosas y recercadas, o voluntaries, que podrían decir los ingleses, nacidas todas en oscuros y húmedos recovecos de cabeza para que se alzaran volviendo el aire alto y oloroso, ¡barroco!, y allí, en fin, sus contrapuntos y discantos en fuga fugosa de lo Justamente, hasta acabar sin teclas, madera, lengüetas ni pedales tras veintidós minutos que para ella habían contado como tres, y en el siguiente, empujarla a que sacara alguna luz, pero no, a que, sin los auriculares, buscara algún tímido resplandor allí, en la última hoja página cuatrocientas siete, pero nada, eso encontró, ni resplandor ni luz tímida, nada, porque, tal como no-esperé, ni Correa ni nadie puede porque el desajuste es mío, y lo único, el título, bien puesto está, bien lo lleva, El desengaño, me salió redondo; Ah, quanto escesso!; ¡Anda de ahí con ese afán de derrota!, en la vida todo ha de ser con razón y no por extremos, mujer, ¿por qué no juegas?, ¿por qué no pruebas a renovar el viejo hábito de impedir que lo que así va, así muera?,

–sí, para juegos estoy;

No es difícil, las dos, Fina y tú, estáis paralizadas, cada una a vuestra manera, y debéis conversar, considerar juntas lo que ambas tenéis, y lo que, por no tener, necesitáis;

–sí, para LiendreFina estoy, con ella no se puede considerar nada;

Sí, se puede, y tú debes, que, desde hace un año, no la escuchas;

–sí, para escuchar a LiendreFina estoy, si lo hago, me hundo más.

Ea, parece que ha llegado nuestro momento; prepara los ojos.

Y eso hizo. Prepararlos con los seis sentidos abiertos sin emplearse, ojos-ojales abrochados al exterior.

Vamos a ver, ¿no ha hecho Fina al fin del Engaño desengaño?; sí, claro, eso ha hecho; Bien, entonces tú ahora puedes hacer lo mismo, pero al revés, así de sencillo;

–¿así?, pues no sé cómo, ¿qué es eso de al revés?;

Es al revés, haciendo de tu Desengaño, engaño del que vuela, y es perfección de naturaleza, de palabra, ya sabes; sí, sí, de novela, ya, pero insisto en que no sé cómo; Fácil, regalándole a sus diarios los tuyos con un artificio provechoso de escritora, regalándoselos o prestándoselos, tanto da; pero ¿qué dices?, ¿regalarle mis diarios?; ¿Y por qué no?, todos tienen su cojera, unos por defecto y otros por más de un exceso, e introduciendo en unos material de cada uno de los otros según necesidad, todo se complementa, ellos, Fina y tú, porque tú con ellos, claro; ah sí, yo con ellos, pero introducir material mío, a ver cómo, eso ya no está tan claro; ¿Y cómo ha de ser?, ¡comiendo, mujer duende obtuso del mundo!; ¡ah no, eso no, a estas alturas seguir actualizándote, no!

Que le viera el sor Juana más Frida Kahlo y el Frida Kahlo más sor Juana que nunca, porque a finales del veinte y después de lo que habían acordado desde que empezaron la relación, eso no, que un acuerdo era un acuerdo, y tales anacronismos habían quedado abolidos de raíz, seriedad, ¡¡mujer duende obtuso del mundo!!; pero bueno, verás, para lo que propones, tendría que revisar todo, bloque y liberties, y eso es lo que ya no está claro, no puedo, eso quería decir, gracias por la idea, pero no; Um momento!, um momentinho, que até aqui dom Baltasar, mas ora está atenta, porque podes introduzir os diários, não em cada capítulo, senão seguidos, juntos; ¿todos juntos?; Exacto, depois de tudo, não tens dezasseis capítulos e dezasseis diários?; sí, ésos tengo, es verdad, nunca lo había pensado; Então?;

–¿y entonces?,

lo preguntó en murmullo más que imperceptible; Então, introduze-os, mas assim, simplesmente; ah, pero es que así de simplemente va a resultar cruel para los posibles lectores, ¿no?; Não, porque podem ir en outro volume como espelho, para fazer paradoxos, voltar conceitos e multiplicar cadências; ah, pero es que para eso va a parecer presuntuoso el que sean míos, ¿no?; Não, porque podes deixar suspensa a certeza; ¡Muy cierto!, dejar picado el gusto y no molido, como debe hacer siempre el arte, eso está bien; sí, está muy bien, pero es que publicar todas mis cosas...; Bom, não quero discorrer por ti, armas alheias a nimguém deram vitória ainda que seram as de Aquiles, mas quase estou por dizer que assim a tua vida atingiria a satisfação de compartida; sí, puede ser, pero es que, dom António, cosas tan mías...; Pois assim o teu amor teria no fim o alívio de conhecido!; sí, puede ser también, pero es que, no sé, no sé si Fina querrá, yo se lo propongo, lo hago, ya está propuesto, pero no sé, y luego, ¿sabes?, no lo he visto hecho nunca; Pois por isso deves, por isso mesmo!, por a função do artista, que é usar do suo genio-engenho para evidenciar o mundo de correspondências novas e misteriosas que rodeiam-nos; Sí, y hacerlo renovando adhesiones de verdad y no de verosilimitud, que es como en todas las edades hacen los cómodos, los de Vejecia; sí, sí, los de Vejecia, pero no sé; Calma, ten paciencia, tómate algo de tiempo, y habla con Fina, insisto, escúchala, y, de paso, deja que ella se tome también el suyo.

Un pitillo, eso necesitaba.

Ahí delante estaba ella, Fina, últimas hojas páginas cuatrocientas siete y ocho invitándola, o quizá empujándola, no sabía bien. Pero ahí estaba, con el final de su último diario queriéndole hablar, quizá darle vuelo, eso me parece, sí, que me empuja; y, bien pensado, es verdad que no hablamos hace mucho, y a lo mejor, a lo mejor después de conversar con los muertos, con los vivos y conmigo, es hora de hacerlo con ella; la conversación no será muy larga, dos hojas, y, como estoy más ligera, no me va a costar, ¿por qué no?, es lo menos, una última conversación.

Estaba dispuesta. Cuando quisiera.

Estuve así, paseando un par de horas, y, ya cansada, llegué al puente cuando acababa de amanecer. La nieve que había caído por la noche hacía que todo pareciera distinto, reino de renovación que el sol se daba prisa en calentar para que no helara, la mañana iba a ser espléndida. Me asomé al pretil antes de volver a casa, y entre toda esa blancura despertando, algo pasó, algo decisivo.

Con el sol surgido a su tiempo sin Tiempo, miré, y todo

me pareció dispuesto como para una fiesta, la ciudad, el río, los árboles, los pájaros, cada uno de los perfiles, todo se veía especial. Y no pasaba nada especial. Pero la nieve había dejado en los árboles unos signos que se leían como una promesa, una epifanía, y los edificios enseñaban, en vez de murria, espera, y el río, con su caudal seguro, se movía como una cola real, lo que aprovechaban varios patos para lucir su plumaje verde-escarabajo faraón, y las nubes formaban y deformaban más antojos, y la gente que empezaba a salir, la que iba a sus trabajos, y la que estaba ya en ellos y la que sacaba a pasear algún perro, toda tenía el tono especial de lo extraordinario sin por qués, como un regalo.

Yo me sentía muy bien, cada vez mejor. Y en plena fiesta, empecé a pensar en lo que había escrito. Pensé, primero en lo de anoche, en lo que escribí anoche, luego en lo que llevo escrito ya, que son muchas hojas, lo vi todo seguido y junto por primera vez, todo con un cierto ritmo lleno de posibilidades por primera vez, y al verlo, me quedé asombrada, no lo podía creer. Porque necesitaba tiempo, claro, dedicación, y también forma, pero lo esencial, ahí estaba: una novela.

Y en el puente, toda ojos en el blanco, de pronto supe que ni el escrito ni yo éramos ya los mismos. Él podía volar si le daba forma, hebra y textura apropiadas, de hecho así es como se me apareció, como un relato con posible vida propia; para que eso fuera posible yo tenía que dedicarle todo el tiempo que pudiera y más, todo era poco; y para dedicárselo, yo tenía que atreverme a volar fuera de casa, en un gesto que nunca me he atrevido a hacer pero que tendría que haber hecho hace mucho, porque hasta ahora me ha faltado empuje en la vida, y no puede ser. Ya no.

Porque pienso en mí, y no recuerdo haber tomado más de

un par de decisiones importantes en mi vida, decisiones mías de libertad: una fue la de estudiar, la de querer una profesión y un trabajo que la ejerciera, y la otra la de irme de casa de mis padres con los que me tuve que enfrentar en firme casi un año. Lo demás, trabajo, matrimonio, hijos y vida familiar, todo inercia, apocamiento. Siempre me veo tratando de aceptar, de amoldarme, y siempre luchando por que no haya roces a mi lado, o por no provocarlos yo. Y como, según tío Vicente, si te vuelves muy dulce se te comen las moscas, regla esencial, y, según tío Patricio, las reglas esenciales son imprescindibles para la libertad, la de volar ahora, es una.

Y ahora sé que es él, el escrito, el que me ha hecho ver esto y el que ahora me da el empuje que me hace falta, que es mucho. Porque ya no aguanto aquí, en esta casa. Mañana pienso buscarme algún sitio donde vivir, y en cuanto lo encuentre, me iré. Y eso tengo que explicárselo a Jaime y a los chicos, y no es fácil. Ninguno de ellos me necesita, todos van y vienen a su aire, ésa es la verdad, pero quiero herir lo menos posible.

Me esforzaré. Y aunque espero que me comprendan o, al menos, que me entiendan, o al menos un poco, si no es así, tendré que aceptar yo la soledad. Y a volar.

Ese Y a volar, que era la culminación de los diarios de Fina, lo era a su vez del bloque, El Desengaño, espacio en blanco abajo, y también al dorso de la página al dejarla a su izquierda sobre el montón. Cumbre de nieve limpia y despojada.

Y fue ahí, en esa desnudez que ya no se apresuraba a enterrar porque ya era menos espacio hostil y más neutro y ni a su cuerpo le quemaba ni a ella le daba frío ni le exigía obligándola, fue ahí donde, ojales amarillo de lince, empezó, primero, por sentir un fuerte tirón hacia arriba, un tirón sostenido y arriba arriba; luego, por atisbar una claridad difusa que, por lo difusa, apenas era un tímido resplandor; después, ese resplandor fue haciéndose una luz más y más clara y cierta, luz nao irrequieta de cor senao quieta que mostrava, luz quintaesencia; y después, con esa luz abriendo el espacio cada vez menos neutro y poco a poco más propicio, más territorio fértil, después, alguien, de forma muy distinta a la que sus protectores auguraron y a la que siempre imaginó ella ahí al salir de los ocres ominosos, porque estaba ahí ya fuera con su cuerpo sin quejarse y los dos respirando oxígeno, después, ese alguien, le hizo ver en el espacio y muy paso pasito y muy quedo quedito una extensión que, nada más aparecer, no dudó en afianzarse sin límites, una que, por no tenerlos, de pronto hacía que todo pareciera posible animando a que, en verdad, todo lo fuera; y entonces, como todo lo era, ese alguien le hizo ver hasta un contra-Tiempo, eso veo, y hasta uno lleno de posibilidades, que se resumió en una: una novela, eso vio. Y quien se lo hacía ver era ella, Fina, la autora del tirón.

Porque allí había un presente con pasado y al revés. Y una que se hacían dos y muchas más. Y días que eran fructíferas noches. Y noches que eran jugosas amanecidas. Y diarios que trenzaban entre sí un almocarbe de regresos, estancias y demoras ad líbitum. Y allí estaba ella, Fina, capaz de volar porque, además de querer hacerlo, ahora podía y tenía derecho, es más, ése era su derecho, y por eso, allí estaba el segundo grande ya sin razón e innecesario del todo, y por eso, el pasaje subterráneo ansiado se le iba aproximando fácil y amable y posible y tan acogedor, y entonces, como lo que una hora antes sólo era un proyecto, un proyecto cercano pero un proyecto, como ahora estaba allí en tercero a su alcance, y, como lo estaba, y éste sí, igual de necesario que antes, entonces, para qué esperar. Libre de la esperanza, por qué. El alivio y la rectificación de Fina ya eran regalos, eran su tirón, y la soledad que ella podría sentir se la estaba quitando Fina, ahora nada implacable ni egoísta, nada puta Emma Bovary ni Finapulga Finachinche, ahora una amiga generosa, la primera, y entonces, expulsada al fin la esperanza del lugar de honor que ahora venía a ocupar alguien, siempre nuevo y siempre joven y terso y ad líbitum, y tan bello, entonces, ahora los treinta, y ya, para luego es tarde,

–ahora, a dormir;

A dourmir até amanhã?; no, no, a dormir y adiós, por fin; ¡¿Ahora?!, ¡¿ahora que has creado contra-Tiempo?!, eso, más que remedio, es destrucción, ¡y es ignoracia!; Não, ignorancia não, que a sua resolução é fundada no saber, e o saber não diminui senão que acrescenta; Muy cierto, y porque acrecienta, le acaba de enseñar que ahora debe seguir, que ahora es cuando puede, lo contrario es negación del saber, delincuencia; Ah, padre Gracián, agora quisera eu desenganar-vos, quem morre porque conhece, em rigor, não é delinquente; Sí, lo es, porque conocer agrava la ofensa; Ah, mas viver ignorando não é vida, é não saber;

–hasta luego, os dejo un poco.

Los dejaba sonriendo, porque, antes de dormir, y nada la iba a convencer de lo contrario, antes, quería dejar hechas varias cosas y sólo tenía pensada la última. Y las quería hacer bien, sin prisa, dueña de sí. Y requerían su tiempo. De momento, eran dos.

La primera es dejar a Matilde y su marido bloque y liberties con la única aclaración de que van juntos aunque separados. Ésa era la primera, en una hoja que arrancó del diario. La segunda es poner los liberties aquí, junto al bloque y la hoja. Ésa era la segunda, llevando los diarios, de su estante, a la mesa. Y la tercera, que son dos, pero quitando la pensada, una, es Jimena, y para ella, un árbol. En otra hoja, un tronco infantil recto sin estrías ni asperezas hasta las ramas, arborescencia simple, y las hojas esenciales de un plátano, de cuya copa hizo salir a una niña con rizos sosteniendo un cesto en el que puso gana-fruto, y a la que dotó de una raya ascendente en la boca que contagió la suya, para Jimena, quedándole ya, pues, tras la dedicatoria, sólo la última, que, por cierto, era especial, y tan especial, que es anticasillas. Eso era.

En otra hoja,

Hoy, siete de noviembre de mil novecientos noventa y uno, yo, María Vega, nacida en lo que ya es esta ciudad, soltera, de cuarenta y un años, licenciada en filosofía y letras y escritora de la historia que dejo aquí, decido tomar un frasco de Somnotil porque quiero.

Y ahora, una firma.

Eso creía, que, con una firma, ya. Pero no, porque

entonces, ¿Que se acabó dices?, E nós?!, entonces se dio cuenta de que los había olvidado a ellos y, con ellos, a los amigos manuales, y se apresuró a añadir,

Sólo deseo que mis libros pasen al centro cultural Francisco de Quevedo de esta provincia, firmado,

y ahora sí, ahora una firma. Sólo quiso aclararle a Gracián, que sentía tener que dejarlo encomendado justo a él, a Quevedo, de quien don Baltasar pensaba que era un civil temático de la carnal grosería. Lo sentía, pero esperaba que esas aversiones contaran ya bien poco a ese lado en el que ya no había norte ni sur ni este ni oeste, los colores de la piel no importaban, y sólo se alcanzaba a distinguir, y con esfuerzo, golillas de valonas y corbatas de tórridas carnes vivas, lo espero de verdad, o espero que, si cuentan, sea para el buen humor, wa-sa Allah.

Una vez aclarado el asunto, subió a la camioneta que aún veía pasar alguna vez con rostro anochecido en gafas de Óptica, bigotes de Dalí, y ya sin ningún zigzag porque ya de Alto Standing, y en ella fue al baño a rematar detalles, que si siempre contaron para ella, ahora contaban mucho más, ¡nulla ethica sine aesthetica!; y además, que se va empeñando nuestra vida como en comedia que al fin viene a desenredarse, y hay que prestar atención al acabar bien. Empezó, pues, por el detalle de dentro, el de su vejiga, y siguió por los de fuera. Que eran varios.

Eran: Cambiar el sayón por el suntuoso caftán rojo de finos alamares que negrearon al abrir el armario.

Peinar cejas y pelo, éste hacia atrás en una trenza espléndida. Perfumarse con su agua de rosas, que esa noche eran las de Alejandría de las cuatro estaciones del Libro ilustrado con las Mil y Una Maravillas del Mundo que le pusieron los Reyes una vez, arenas y lapislázuli ardiendo. Anunciarse en el pasillo a Dubhe, Fekda, Mérak, Alioth, y después, entrando en la cocina, a Mizar, Benetnasch y Alcor, invisible caballero. Y dentro, en la cocina, esparcir sobre los dos el hondo y especiado Nilo que le quedaba en homenaje a todo lo que le habían dado, que, hasta el final, y a pesar de todo, ahí estaban, con ella, y por todo, muchas gracias y muito muito obrigadinha, ah, y no os vayáis lejos, que voy ya; Sí, sí, mucho gracias y mucho homenaje, pero poco que nos escuchas; Deixai-lha estar, padre Gracián, que não está posto em razão que haja-nos de seguir em tudo a nós, os de cá, que somos só sonhos.

No lo estaba. Y por eso, llenó de agua un vaso, fue al cuartito, volcó el Somnotil sobre las líneas del castaño para contar, tres, nueve, quince, treinta en punto, para estar segura del número, y luego, un momento: ya que había sacado antes El Mesías, ahí estaba su coral favorito, for unto us a child is born, ¿no era increíble?, no podía haber nada mejor, era como si, al elegirlo, hubiera adivinado todo, asombroso, y cuesta creer que en tres horas esté todo listo, un milagro; Pois grande ânimo!, que se tes já visto o que foi, ainda o que há-de-ser hás-de-ver!

Aunque fuera con agua, un brindis,

–por nosotras, Fina.

Y allá iba. Su único deseo era poder, ésta hace una, era poder abrirse camino junto con los instrumentos, y ésta dos, era avanzar a través de una de sus piezas favoritas, y ésta tres,

–for unto us a child is born,

de una de sus más preferidas, no sólo por la esperanza de que los coros despertaban siempre hasta en el más desganado, y ésta cuatro, sino también por ser de Händel, y Händel representar para ella un gôut réuni único de sajón, unto us, de italiano, y ésta cinco, y de inglés, sin dejar de ser él nunca Georg Friedrich urbitorbi, y con éstas ya van siete, y ahora ocho, y nueve, y como allí, en la décima, empezó a notar una especie de lija en la garganta, once, and the government shall be upon his shoulder, doce, una especie de rasposa piedra pómez, se detuvo,

–¡wonderful!,

apuró el vaso de agua,

–¡counsellor!,

y se levantó para llenarlo otra vez, porque con los últimos crescendos el Somnotil se le encallaba de forma peligrosa, y no, suavidad, agilidad; pero si antes de ir pinzo ésta y mientras voy la trago así a palo seco, que no sé, the everlasting father, pues sí, como había podido, the prince, of peace, entonces, ya iban trece al pie del fregadero, y al volver, con las voces alcanzando la exaltación que siempre hacía brotar cielo, surtidor y flecha, norte, agua y centro allí, donde le estaba ya bajando la decimocuarta, al sentarse, ya iban catorce, que eran casi la mitad, y eso daba ánimos. Y me acuerdo, quince, ¡la mitad!, y se acordaba de que en la navidad de su niñez había un villancico, dieciséis, diecisiete, cantábamos que el niño renovaba todo, el niño, al nacer, hará nacer, eso cantábamos, y será llamado,

–¡wonderful!,

dieciocho,

–¡y counsellor!,

y veinte iban ya, veinte, porque al notar una aprensión súbita de que el Somnotil se le encallara de nuevo, decidió ir a pares que habían hecho eso, veinte, y ahora veintidós, y los siguientes veinticuatro, y veintiséis y veintiocho, y ahora, con the prince rularrodando arribabajo, los treinta, of peace,

–y fin.

Y al terminar, con las líneas de la vida-muerte limpias y las del castaño en toda su sencilla belleza, lo que quería era un pitillo, y detalles, los últimos detalles.

Las notas, que puso entre el bloque y los diarios, ya novela, El Desengaño, autora, ella, María Vega. Las colillas, que fueron a la basura. Los cacharros de la cena, que dejó fregados y escurriéndose. Una caricia a una foto de sus padres, abuela, hermana y ella sonriendo. Otra rápida al perchero al salir y colgar el impermeable y el bolsón. Y después, casete en mano luces apagadas por un pasillo y una casa que ya era recuerdo toda al amanecer, toda eco al entrar en el dormitorio, allí, bajo la colcha Rothko, recibir un rayo de sol en los ojos como toque sagrado, y buscar el principio de su coral otra vez, para, brazos extendidos manos abiertas hacia arriba, preguntarles a ellos, sus amigos, algo que nunca les había preguntado, y ahora le apetecía saber,

–unto us,

y es esto; de vuestras vidas, ¿qué es lo que sentiríais antes, lo que os vendría primero sin pensar?, a ver, tú mismo, dom António; Queres dizer o mais querido?; no, quiero decir lo primero que te vendría en resplandor, sin buscar, sem esgaravatar; Ah, o primeiro o primeiro, seria sem dúvida O Brasil, O Maranhão; muy bien, pero ¿por qué?; Pela sua magia, pelo suo feitiço!; ah, ¿y ya está?, ¿eso es todo, magia y hechizo?, pues perdona, pero parece que estés dando un informe a dom João Cuarto, ¿te acuerdas?, Sem lábia, te pedía que se los hicieras, y, hombre, para alguien como tú que ha nacido en Lisboa, crecido en Brasil, que ha sido misionero, diplomático, orador, consejero real, escritor, confesor de la reina Cristina de Suecia, y luego, ha vuelto a Brasil para acabar muriendo con ochenta y nueve años, para alguien así, en fin, reconoce que es bien poca cosa, yo quiero que conmigo uses toda tu labia, por favor, faz favor, que ya sabes cuánto la quiero; a ver, repetimos, lo primero que te vendría, sería sin duda el Brasil y El Maranhão, pero ¿por qué?; Ah, porque para mim O Brasil é o sonho vivo, o sonho realizado, porque apesar de ter sido eu sempre mais morador da livraria que do campo, e com tudo o desamparo que lá havia, dormindo em uma esteira de tábua, comendo farinha-de-pau, vestindo algodão tinto na lama e atravessando bosques, rios e desertos a pé sem ponte nem caminho falando a língua geral do Brasil com os Índios e o quimbundo com os escravos negros, apesar de tuda aquela solidão, e das necessidades e as doenças, e das jornadas perdido nas brenhas matando somente a sede com o orvalho que se lambia das folhas, e da luta contra os crueles e vorazes colonos brancos, e do calor torrido e do frío sertão dentro, e da navegação por águas furiosas numa canoa escrevendo cartas aos Inquisidores para minha defesa sendo as primeiras peças da matalotagem o altar portátil, o relógio de areia, e a campaininha de latão para a missa, além de cera branca, vinho, hostias, ornamentos, imagens, e até máscaras e cascavéis para as danças, para mostrar aos Gentios que a lei dos cristãos não era triste, pois apesar de tudo isto, e contra isto, O Brasil é para mim a maravilha: é o prodígio dum curso de água que mais semelha salgada que doce, é o portento de ouvir pássaros que só tinham ouvidos os Indios ou Noé, é o espanto perante as brenhas, os matos e os despenhadeiros desde a Serra de Abiapaba até o rio dos Tapajós, é o milagro de ver celebrando os Cantares de Salomão em música de órgão, vestidos à portuguesa, e com dialogos nas línguas Nheengaiba, Boca, Jurimana e Tapuia aos mesmos que pouco antes se fartavam de sangue e carne humana, e sobretudo, sobretudo é a maravilha duma praia, dum resplendor de palmeiras, rochas brancas, e areias finas e arcoirisadas como pérolas aparecida uma tarde, aparecida no meio da selva uma tarde, María, em maravilha das maravilhas, isso é para mim!; sí, sí, me lo imagino, es más, podía cerner la arena en sus manos y escuchar el rehílo de las palmeras con secreteo de selva, podía sentir todo eso cuando volvió la cabeza, y en un alba de repliegues deslumbrantes, preguntó otra vez, ¿y tú, don Baltasar, qué sería para ti lo primero?; Ah, sería la casa de Lastanosa, y también sin duda; ya, y supongo que por museo del discreto, ¿no?; En parte, sí: que en sus estancias pobladas por estatuas, sellos, monedas, vasijas, láminas, libros, globos terrestres y celestes, astrolabios, dioptras, armas, tapices, pinturas, joyas, mármoles, piedras preciosas y otros mil testimonios de la hermosa naturaleza, en todas y cada una de ellas no acababas nunca de admirar perfecciones ni la casa tan verdadera de personas que así las mostraba, de modo que, en parte, sí, por museo, mas mi sentir me viene de que, un día, estando en medio de tal laberinto de prodigios, al advertir que una pequeña estela funeraria griega estaba reclamándome, una estela de piedra, y quedar suspenso unos segundos hecho también yo piedra ante un reclamo de tan extraña especie, al acercarme y leer su epigrama, en él todo lo que debía ser mi vida se resolvió, y quedamos en un golpe de luz, ella, piedra hecha hombre, y yo, hombre hecho piedra, esclarecidos en eterna hipóstasis; ah, pues oye, esto también me lo imagino, es más, puedo sentirlo, y es de muy ben parlare, ¿verdad?, lo que pasa es que ahora hay que decir el epigrama, y hay que hacerlo corriendo, porque ahora la prisa, hermanos, es vida, y dice, esperad un momento, dice, No era, y llegué a ser, no soy, y no me importa,

–the prince of peace.

En sus ojos el brillo justo para retomar el coral, y hacer otra pregunta, la última. Y es que me gustaría que me anticiparais qué se ve y qué se siente al dormir; Sssss, repousa! Había notado un roce muy leve en su palma izquierda. Repousa, que talvez nascerá de ti ainda mais que um filho!; sí, bueno, pero lo que me gustaría es que me dijerais si, cuando te duermes, ves esa luz prodigiosa que dicen que se ve y que ve Ivan Ilich; ¡Chssss, descansa! Había notado otro roce muy leve en su palma derecha. ¡Descansa, que quizá lo que veas es lo que quien, tomando el rumbo del esfuerzo y del deseo, llega a parar al trono de la estimación y al centro de lo inmortal!; bueno, eso del centro... con un barrio apartado me conformo, con un arrabalito me daría con un canto en los dientes.

En los que dejó ver sujetando su lengua granulosa y empastada en una llanura sin límites doradazul, una prodigiosa, que lo mismo era templo de gacelas que reposo final de peregrinos, lo mismo amor conhecido y gustado, shall be called Manuel, lo mismo ciudad con parques y huertas por los que Händel, Rinconeda, Om Kalsoum, Concha Piquer y Flint paseaban junto a Schönberg, Stravinski, Díaz del Castillo, los Corsarios, Juan conde don Julián y The Doors, entre otros, y en la que, por una puerta entreabierta, éstos, The Doors, le hicieron ver que en DOMUS, en sus datos y en Particularidades, constaría en letras negras sobre azul Purísima que había muerto, no, F. un 7-11-91 pondrá, el que avanzaba ya crecido en los cristales, que así pondrá un par de años como mucho, para luego hacerme trizas en la máquina destructora de datos trituradora de biografías, máquina-FLECHA, sí, pero quién sabe, quién sabía en un rictus de bienestar casi imposible,

–¡wonderful!,

a lo mejor se cumple con Montale, y ELLA no puede cumplir en mí todas sus venganzas, quién sabe,

–¡counsellor!,

sólo supo que sus ojos se le abrocharon al sentir a Gracián signarle una cruz en la frente, Esto es para las Furias y el Salitre Estigio, hijica, the prince of peace, y sólo que se le cerraron lentos cuando, antes de saltar al pasaje subterráneo, Vieira le subió con mimo la colcha hasta barbilla y boca, y le susurró, Assim, Mariacinha, sem caverna,

–for unto us a child is...

Edición al cuidado de Noemí Sobregués
Diseño: Arianne Faber
Diseño sobrecubierta: Norbert Denkel
Producción: Fernando Calabró

Fotocomposición: Víctor Igual, s.l.
Impresión y encuadernación:
Printer industria gráfica, S.A.
Nacional II, Cuatro Caminos, s/n,
08620 Sant Vicenç dels Horts, Barcelona, 2001

NUEVA GALAXIA GUTENBERG, S.A.
Passeig de Picasso, 16, 08003 Barcelona
www.galaxiagutenberg.com

CÍRCULO DE LECTORES, S.A.
Travessera de Gràcia, 47-49, 08021 Barcelona
www.circulolectores.es

1 3 5 7 9 1 0 0 4 8 6 4 2

Depósito legal: B-19710-2001
ISBN Galaxia Gutenberg: 84-8109-331-9
ISBN Círculo de Lectores: 84-226-8794-1
N.° 35097
Impreso en España.